# 天國을 찾지 마시라 국민이여
# 우리의 대한민국이 天國이다

김 수 진

조갑제닷컴

# 天國에 살아 天國을 잊고 사는 사람들에게 들려주는 地獄(지옥) 이야기

## 脫北여성이 보내온 34편의 詩

2014년 9월3일 오전 조갑제닷컴 사무실로 노란 봉투 하나가 배달됐다.

〈얼마 전에 북한에서 탈북해 온 새터민 김수진입니다. 고향이 함경○도이며 ○○살입니다.

제가 쓴 글들을 조갑제닷컴에 올리려고 합니다. 사실 여러 가지로 생각이 많았습니다. 우선 전문가가 아니여서 얼마만큼 미숙한지 구별을 가려볼 수 없고 또한 북한에 가족을 둔 여인으로서 고민도 많았습니다. (중략) 인터넷을 잘 사용하지 못해서 글로 적어올리니 죄송하기 그지없습니다. 시 34편을 보냅니다. (하략)〉

편지 말미엔 보낸 日時(2014년 9월2일 오전 10시)와 전화번호가 적혀있었다. 34편의 詩들을 읽었다. 첫 詩는 '산까지 올라 못간 시신들아'였다.

　〈고난의 행군 시기 내 집 옆에 주인 없는 시신들의 집결소가 있었다. 하루는 누군가 바래는(注:배웅하는) 시체 행렬을 세다가 끝내 못 세었다고 한다. 그렇게 묻히기를 매일이다시피였다. 가냘픈 담가대(注:들것)들도 산으로 오르다 끝내 오르지 못하고 길다란 큰 밭에다 전부 묻어버렸다. 그것도 묘지라는 흔적도 없이 평판(注:平葬)해 버렸다, 그 많은 시신들을 누가 산으로 날라 오르랴? 그 사람들도 며칠 후면 산으로 오를 신세의 형편인데…

사람이 죽으면
산에 묻는다고 하지
들판에 심는다고
하지 않는다

숱한 죽음을 담가에 싣고
산에 오르는 사람들아
거밋발 같은 힘으로
끝내 산까지 오르지 못해

산을 넋없이 바라만 보다
들판에다 그들을 묻었다
산이 아니어서
차마 흔적도 남기지 못한 채

평지처럼 묻어버렸다

힘이 없었다
굶음은 마찬가지
몇시간 더 살아있을 뿐
가다가 죽을지
오다가 죽을지
그들의 목숨 또한 경각의 시간들
(하략)〉

## "지금도 굶어죽는 사람이 많습니다"

'주검들''10년 후에''식당가에서''마지막 동정''밤꽃 사시
오' 등 제목의 詩를 주욱 읽었다. 충격이었다.

그의 글은 기자가 바로 옆에서 지켜본 것처럼 묘사가 구체적
이다. 그가 살던 도시에서 직접 본 餓死(아사)의 현장을 담았다.
어린아이와 노인들의 죽어가는 모습을 담담하게 보여준 詩도
있었다. 한 시간도 안 걸려 34편의 詩를 읽고 데스크에 보고하
고 필자를 만나보기로 했다. 그날 오후 김수진씨와 전화로 통화
했고 다음날 조갑제닷컴 사무실에서 그녀를 만났다.

여느 북한 여성보다는 큰 키였고 눈매가 날카로웠다. 그는 최
근에 가슴이 답답해지고 몸에 열이 올라 무기력해지는 병을 앓

고 있다고 했다. 그럼에도 목소리는 명료했고 질문에 거침없이 답했다.

2013년 초에 한국에 들어왔고, 北에 남은 가족이 피해볼까 자신이 살던 地名(지명)이나 자신의 本名(본명)을 쓸 수 없다, 대기근 때의 비참한 상황은 눈으로 직접 본 것이고, 10년 전 남동생이 脫北(탈북)해 한국에 온 게 알려져 남편과도 이혼했다고 했다. 김수진씨에게 지금도 굶어죽는 사람이 있느냐, 詩에 쓴 게 모두 사실이냐고 물었다.

"대기근이 끝난 지금도 숱한 사람들이 먹을 게 없어 조용히 굶어죽고 있습니다. 떠나오기 직전까지도 굶어죽는 사람들을 많이 보았습니다."

## 우울하게 보낸 추석 연휴

"나는 北에 살면서 남쪽의 사정을 전혀 몰랐습니다. 내륙 지방 사람들은 남한 소식이 어둡고 중국을 통해 들어오는 소식도 거의 없습니다. 黨(당)의 지시대로 한눈팔지 않고 살아와 세상 물정이 어둡습니다. 한국에 와서 남한 사람들이 너무 잘사는 모습을 보고 북한 사람들의 불쌍함이 더 북받쳐 글을 쓰게 되었습니다."

다음날인 9월5일부터 김수진씨의 詩를 매일 한 편씩 조갑제닷컴 사이트에 올리기 시작해 두 달이 넘는 11월15일까지 72편의 詩를 하루도 거르지 않고 매일 올렸다. 그후 탈북과정을 담은 手記(수기)도 11월16일부터 7일간 연재했다. 연재가 진행되는 기간에 그는 40여 편의 詩를 추가로 보내온 것이다.

인터넷을 못 하는 김씨는 손으로 詩를 쓴 뒤 친한 사람 집에 가서 컴퓨터에 다시 詩를 입력하고 그곳 프린터로 출력해 원고를 가져왔다. 메일을 보내거나 USB에 원고를 담는 방법을 몰라서였다. 결국 그가 가져온 원고를 다시 입력해야만 우리 사이트에 글을 올릴 수 있었다.

매일 새벽에 일어나 그의 詩 한 편을 입력하고 제목을 다듬어 사이트에 올리는 게 내 일과가 되었다. 한 자 한 자 그의 詩를 옮겨 치며 묘한 감정을 갖게 됐다. 현장의 幻影(환영)이 보일 때도 있었다.

연재를 시작한 지 2~3일 후 추석 연휴가 시작됐다. 年中(연중) 가장 먹을 게 많은 계절, 天高馬肥(천고마비)의 나날을 나는 매일 우울하게 시작했다. 詩 한 편에 적게는 한 명, 많게는 수십 명의 죽음과 주검이 등장했다. 너무 굶어 미이라처럼 되어버린 세 살짜리 아기, 썩은 냄새가 나는 꽃제비 어린이, 풀어진 국수 올 한두 가닥을 기다리다 못 먹고 돌아서는 북한 동포가 흘리는 마른 눈물이 映像(영상)으로 떠올라 아침마다 나를 괴롭혔다. 거의 매일 좋은 나라에서 태어나 행복을 누리고 있다는 생각에, 그런 지옥에서 살지 않게 된 것을 행운으로 생각하고 안도하며 하루 일과를 시작했다.

## '흰 쌀밥'

두어 달 동안 김수진씨를 대여섯 번 만났다. 같이 밥을 먹어본 것도 서너 차례 되었다. 한 번은 꽤 좋은 식당에서 양곱창을 곁들인 식사를 했다. 그는 몇 번을 권해도 고기를 한 점도 집지 않았다. 나중에 식사로 밥과 우거지국이 나왔는데 그때서야 국에 밥을 다 말아 들이마시듯 먹었다. 좋은 요리가 나와도 집지를 못하고 그저 밥과 국 하나만 열심히 먹는 타입이었다. '흰 쌀밥'이란 詩를 보고 그 심정을 약간은 이해하게 되었다.

〈밥주걱으로 하얀 흰 쌀밥 풀 때면
찰찰 풀기가 도는 밥솥에서
철철 껴묻어 일어나는
내 고향 사람들 모습
굶어죽은 부모의 혼을 따라
길가에 널부러진 꽃제비들아
네들 고운 입술 먼저 열어
떠넣어주고 싶다 이 하얀 쌀밥을
죽으면 떠나갈 저 앞산만을
맥 놓고 멍하니 바라보는
숱한 배고픈 노인네들
그들에게 먼저

챙겨드리고 싶다 이 밥그릇을
나는 늘 먼저 푼다
하얀 흰쌀밥에 묻어 일어나는
배고픔에 시들어가는 내 고향 사람들
그들에게 밥주걱 먼저 돌린다
(흰 쌀밥)〉

## 地獄(지옥)에서 天堂으로

그는 맺힌 게 많은 사람이었다. 자기 주장도 강하다. 자신을 '가난한 노동자의 딸'이라고 했다. 권력이 없어서이긴 했지만 누구보다 국가와 黨을 위해 충성을 다했다는 말도 했다. 동포 300만이 굶어죽을 때부터 그는 생각이 조금씩 바뀌었다고 했다. 배급이 끊기니 평생 나라에 충성만 바친 사람들이 먼저 죽어가는 걸 보았다. 주로 노인들로, 그들은 죽어가면서도 남은 사람들을 위해 黨을 욕하지 않고 조용히 죽어갔다고 했다. 식량을 찾아 부모가 각지를 떠돌다 쓰러졌고, 그들의 남은 자식들이 거리의 꽃제비가 되어 죽어버리는 광경도 보았다.

"바깥 세상 누군가에게 이걸 알려야겠다고 생각했습니다. 北에 있을 때는 옆사람에게도 내색할 수 없는 일이어서 가만히 있었습니다. 지옥인 북한에서 천당인 南에 와 살다 보니 억울하게 죽어간 北의 동포들 모습이 낮이고 밤이고, 밥 먹을 때마다 떠올라 지금까지도 잊혀지지 않습니다."

　그는 대한민국이 곧 天堂(천당)이란 말을 자주 했다. 자신이 '백년 뒤떨어진 곳에서 백년 앞선 곳으로 왔다'고도 했다. 우거진 길가 가로수의 푸른 잎이 진짜인가 싶어 직접 잎사귀를 찢어보기도 했다고 한다. 즐비하게 늘어선 아파트, 기상천외한 도로, 웃음이 풍풍 뒹구는 아이들의 놀이터, 노인들의 쉼터 하나하나가 다 그에겐 '황홀함'이었다고 했다. 그런 걸 잊고 사는 남한 사람들에게 '천당의 삶'을 일깨워주는 것 같았다.

〈먼 곳을 돌아본 것도 아니다
내가 사는 아파트
가장 평범한 국민들이 사는 곳
그곳이 천국일진대
천국을 찾지 마시라 국민이여
천국에 살아 천국을 잊고 사는 사람들
우리의 대한민국이 천국이다
('천국이다' 중에서)〉

　이 책은 '천국에 살아 천국을 잊고 사는' 대한민국 사람들에게, '지옥에 살면서도 지옥인 줄 몰랐던' 사람이 선물하는 '행복증명서'이기도 하다.

金東鉉 | 조갑제닷컴 기자

## ◎ 목차

**❶**
우리 모두는 굶어 죽었다

# 당부

억척같던 아빠가 먼저 굶어죽었다
그 다음날 엄마가
그 다음날 형이 굶어죽고
또 그 다음날 누나가
다음은 나 차례이지만

너만은 꼭 살아다오
살아서 꼭 가족의 대(代)를 이어주라
아빠, 엄마, 온 가족의 당부
그 당부와 함께
피같이 남겨진 한 홉의 통옥수수

그 옥수수 알을
아끼며 세이며
열흘을 살았다
이제 어떻게 더 살아가야 하나
굶음으로 눈앞이 아찔해지는데

끝내 갈 길을 가려고
점점 눈앞은 흐려지는데
끝끝내 죽음의 장막이 덮쳤는데
눈은 산 자처럼 부릅뜨고 있다

가족의 당부
그 당부가 나를 그러안고 있으니
차마 눈 감을 수 없는 나

# 꽃제비의 봄

봄이 완연하구나
모진 추위와 배고픔
그 속에서도 죽지 않고 용케 버텼구나
장하다 이 목숨아
이제는 죽지 않을 소생(蘇生)의 봄이다

봄 싹이 파릇파릇 돋아났구나
염소처럼 풀을 뜯어
한 입 가득 가져가니
싱그러운 봄 향기에 취할 것 같구나
만물이 소생하는 봄아

아무 곳에서나 뒹굴어도
내 잠자리는 두렵지 않다
한 가지 시름만 덜어도
나는 행복하다

그런데 어이 하랴
봄은 완연한데
내 생명의 봄은 꺼지려나 봐
온 겨울 추위에 떨고
배고픔에 허덕이며 병든 몸

살기를 단념한 듯 지쳐가고 있다

햇볕이 따스히 나를 감싸고 있는데
잠에 빠져들고 있다 영원한 잠
이게 나의 마지막 봄인가 보다

# 빵과 꽃제비

▶▶▶ 장사꾼중에서도 가장 천한 장사가 음식 장사꾼이다. 빵 한 개 크기가 애기 주먹만하다. 그 빵 한 개가 100원인데 한 개 팔아서 얻어지는 돈은 15원이다. 하루 많이 팔아야 70~80개이다. 그것으로 나무 한 단, 시래기, 옥수수가루 세 홉을 살 수 있다. 그런데 꽃제비들의 끊이지 않는 습격이 문제다. 일명 그들을 덮치개라고 한다. 그것을 막기 위해 남편들이 여인들의 장사에 동참한다. 그래도 배고픈 꽃제비들은 사정없이 덮친다. 남편이 추격해서 꽃제비를 따라잡으면 목덜미를 잡히는 순간에 조차 빵을 빼앗길까봐 손에 쥔 빵을 사정없이 입으로 밀어 넣으면서 얻어 맞는다. 피투성이가 되면서도 빵을 부스러뜨러 입 안으로 삼키는 꽃제비와 가난한 장사꾼의 삶의 격전이다. 꽃제비들의 얼굴은 눈두덩이 부어있지 않은 날이 없고 온몸은 멍투성이이다. 그렇게 살다가 어느날 더는 견딜 힘이 없으면 길가에 그냥 드러누운 채로 운명(殞命)한다. ◀◀◀


배가 고프다
미칠 듯이 배가 고프다
장사꾼과 눈이 마주치기 전
어느새 빵 그릇에 닿아 있는
꽃제비의 손

그 빵 한 그릇에
장사꾼 가족의 운명이
목숨처럼 달려있다
알고 있다 뻔히
그래도 할 수 없다 극도의 배고픔

그것이 정신을 잃게 한다
사람이 사람으로 살지 못하게 한다

따라온 장사꾼이
목덜미를 잡아채는 순간
이미 빵은 목젖을 타고 넘는다
얻어맞아 터지면서도
목구멍으로 넘겨야만 하는 삶의 진통
이리 맞아 터지고 저리 맞아 멍들고
덮쳐진 빵 한 개 때문에

그래도 배고픔은
맞아 터짐보다 욕구가 강하다
어느새 또 빵 그릇에 마음이 닿아있다
실컷 때려주고
가져다줄 빵은 어디에 없나
사자 밥을 등진 빵 한 개

# 마지막 동정

▶▶▶ 북한에서 평시에 꽃제비들이 굶는 것에 동정할 형편이 못된다. 그러나 누워 일어나지 못할 형편이면, 불쌍한 마음의 동정으로 그들의 운명의 종점을 예견하여 마지막 길 양식이라도 하라고… ◀◀◀

죽어가는 꽃제비의 머리맡에
처음으로 음식들이 놓였다
살아서는 입가에 못 가져가던
원한의 먹거리들

꽃제비야 일어나라
눈을 떠라
이것만이라도 먹고 가려무나
마지막 길 양식을

널 위해 놓여 있다
앞집 여인이 들고 나온
한 덩이의 식은 밥덩이
빵 팔던 여인이 놓고 간
한 개의 빵
부스러진 과자조각들이

밥덩이 손에 쥐어주었는데

맥없이 떨어져 내린다
열려진 입가에 가져다 댔는데
턱이 떨어져 내린다

다 같이 뱃가죽이 말라붙었는데
누구한테 동정을 보내랴
누구한테서 동정을 원하랴
죽어서야 비로소 받은 동정

미안하다
살았을 적에 못준 동정
우리를 원망하라
쌀독에서 나오는 인심
우리도 쌀독이 비어있기에
동정도 비어있을 수밖에

# "밤꽃 사시오"

▶▶▶ 고난의 행군 시기인 1997년에 있은 내 옆집의 이야기이다. 아무리 굶어 죽어가는 시기여도 사상투쟁은 계속되었으며 주(週)생활총화 월(月)생활총화들을 빠짐없이 참가해야 하였다. 어느 날 여맹위원장이 내 옆집의 여인을 끌어내 회의 탁(卓) 앞에 세웠다. 여인은 육체도 정신도 다같이 경(輕)한 신체장애였다. 남편도 역시 육체장애인이다. 그들에게는 다섯 살짜리 아들과 세 살짜리 딸애가 있었다. 어느 날 기척이 없어 가 보니 모두 굶어죽었다. 누가 통곡하는 소리를 들어보니 "집이라도 팔아서 먹고 죽지, 왜 그냥 가는가"고 목메인 소리를 했다. 그 여인이 죽기 며칠 전 여맹총회에 끌려나와 당한 일이다. 잊혀지지 않는 내 가슴 속의 가장 슬픈 이야기로 남았다. ◀◀◀

일주일에 한 번씩 나가는
여맹총화의 날
그날은 하루 종일 어수선한 분위기
비판과 호상비판의 날이 선 무대

수백 명이 앉아있는 선전실 연단에
한 여인이 서 있다
머리를 푹 숙이고
그는 장애인

여맹위원장이 나섰다
여인 앞에
증오의 눈초리로

묻는다
따진다
말하라
네가 한 모든 행위를

울며
서 있다 여인은
차마 말할 수 없는데
무조건 말을 하란다
험악하다 분위기는
여인이 입을 열기 전에
끝이 나지 않을 모임

온몸의 수치를 모아
그녀는 말한다 울면서
한 줌의 쌀을 위해서
온밤 남자들 속에서
그가 겪어야 했던 수난들을
......
"밤꽃 사시오."

그녀는 정신지체 장애인이다
먼저 굶어죽은 남편도
역시 장애인이다
남아있는 자식들을 위해
어떤 속에서도

모성만은 장애가 될 수 없었던 그것

그 때문에 그녀는
사회를 어지럽히는 풍기문란 죄로
여맹모임의 연단에서
규탄의 대상이 되었다

"밤꽃 사시오"
그녀가 했던 말
그리고 그가 했던 모든 행위들
사라져버렸다 며칠 만에
그 여인의
두 아이가 굶어죽었다
그 여인이
먼저 굶어죽었다

# 제대군인의 울분

▶▶▶ 제대한 날 부모 없는 집으로 들어선 숱한 제대군인들의 울분을 담아 썼다. ◀◀◀

십년 군사복무 마치고
고향에 돌아오니
부모도 동생도 다 굶어죽었다
가족이 모두 죽은 집에는
남이 살고 있다

배고프고 춥고
죽을 만큼 힘든 만기 십년 군사복무
조국을 지키고 돌아왔는데
반겨주는 사람은 아무도 없다
참으로 내가 지킨 것 무엇이더냐
내 집의 무덤이더냐

제대군인 대학시험 합격했는데
어쩌면 좋으냐
앞을 봐도 뒤를 봐도
나 또한 갈 곳이 무덤이더냐

집도 없는 내가 뭘 먹고 살아야 하나
대학교는 어떻게 출석하지

퇴복(退服: 제대복)을 입은 자 길거리에서 단속하는데
언제 사회복으로 교체하나
온 나라가 죽음으로 벌벌 기는데
내 목숨이 반기는 곳
도대체 어디냐

일을 해도 월급이 없는 나라
어떻게 해야 살 수 있담
공부는 꼭 하고 싶은데
할 수 없이 대학교는 포기
당장 굶어죽을지도 모르는 판인데…

가슴에 억울함만 뭉켜 도는
쓸쓸한 제대의 첫날 밤
앞을 봐도 뒤를 봐도
따라오는 건 절망뿐이다

아, 이것이냐 내가 지킨 것
지켜서 걷어질 것 아무것도 없고
지켜서 점점 주검만 걷어안고 갈
슬픔과 탄식에 무너져 내리는 나라
이것이 내가 지킨 것이냐

# 어린 사형수야

▶▶▶ 옥수수 5킬로 때문에 살인을 저지른 열한 살 꽃제비 소녀를 총살하는 사건이 일어났다. 고작 11년을 살아오는 동안 그 애의 인생살이는 꽃제비였다. 고난의 행군 시기에 태어나서 굶음을 끼니처럼 외우고 살았던 소녀. 그 애의 잠자리는 길바닥 이었고 그 애의 음식은 장마당의 쓰레기였다. 쓰레기라야 장사꾼이 팔다 흘린 얼마 안되는 옥수수알 몇 알, 퍼런 배추시래기, 그것도 줍는 꽃제비가 많아 몇 알이었을까. 그 애의 몸무게는 몇 킬로였을까. 이 답답하고 숨막히는 사회를 어찌 했으면 좋으랴. 증오에 앞서 슬픔이 먼저 묻어 일어나는 사회…. ◀◀◀


밧줄을 감을 자리가 있었더냐
아가의 빼빼 마른 몸에
수갑이 채워지더냐
거밋발같이 가느다란 두 손목에

열한 살이라고는 하지만
너의 키는 일곱 살에 머물러 있었고
너의 몸은 살이 없어
삭정이처럼 바삭이 말라있었다

한줌같은 너의 작은 몸을
구렁이같은 밧줄로 휘감고
총탄을 박아넣은 원수들아

그 자들은 네가

살인을 했다고만 믿는다
그 자들은 모른다
굶어 죽어가는 자의 정신이
과연 어떤지
네가 왜 그 짓을 했는지

그 자들은 먼저 굶어죽은
너의 부모동생 생각해본 적 없다
배고픔에 시달려 11년을 살아온
너의 분노 헤아려 본 적 없다

고작 11년을 살아오는 동안
가난이 고문한 혹독한 굶주림
그것의 몸부림 때문에 더는 더는 달랠 길이 없어
끝내 너의 뇌는 정신을 잃어버렸다

굶음으로
죽음으로
끝내 부서져버린 아가야
이렇게밖에 살지 못할 명(命)
차라리 태어나지 않았더라면
한(恨)이라도 남기지 않을 걸
너의 죄는 그 땅에 태어난 죄다

# 꽃제비의 겨울

어느 아파트 돌층계에 드러누워
담요 한 장 없이 시려오는 온몸을
손으로 더듬으며 소리 없이 운다
아 집이 그립다

엊그제 봄인가 했더니
세월은 빠르고 빨라
벌써 지는 가을이다
찬 기운이 온몸을 감싼다
새벽이면 뼛속까지 시려온다

두렵다 겨울아
너는 나의 가장 무서운 적(敵)이다
주린 배에 추위까지 닥치면
올 겨울 내 목숨은 어떻게 될까
살아남을 수 있을까

# 산까지 올라 못간 시신들아

▶▶▶ 고난의 행군 시기 내 집 옆에 주인 없는 屍身(시신)들의 집결소가 있었다. 하루는 누군가 바래는 시체 행렬을 세다가 끝내 못 세웠다고 한다. 그렇게 묻히기를 매일이다시피 했다. 가냘픈 담가대(注 · 들것)들도 산으로 오르다 끝내 오르지 못하고 길다란 큰 밭에다 전부 묻어버렸다. 그것도 묘지라는 흔적도 없이 평판(봉분을 쓰지 않고 平葬함)해 버렸다. 그 많은 시신들을 누가 산으로 날라 오르랴? 그 사람들도 며칠 후면 산으로 오를 신세의 형편인데… ◀◀◀

사람이 죽으면
산에 묻는다고 하지
들판에 심는다고
하지 않는다

숱한 주검을 담가에 싣고
산에 오르는 사람들아
거밋발 같은 힘으로
끝내 산까지 오르지 못해,

산을 넋없이 바라만 보다
들판에다 그들을 묻었다
산이 아니어서
차마 흔적도 남기지 못한 채
평지처럼 묻어버렸다

힘이 없었다
굶음은 마찬가지
몇시간 더 살아있을 뿐
가다가 죽을지
오다가 죽을지
그들의 목숨 또한 경각의 시간들

먼저 간 그들이
욕할지언정
갓난아기 걸음마 타듯
중도에서 쓰러져버린 담가대

그래도
그들은
마지막까지 혼신의 힘을 다해
삽날을 박았다
시신들을 안장시켰다
이렇게 시신들은 되풀이되었다

무심타 산천아
산까지 올라 못간 시신들아
죽은 사람들을 위해
산사람들의 의리조차
다할 수 없었던 비애의 순간들이여

# 주검들

▶▶▶ 한 구덩이에 수십 명씩, 어른 아이 할 것 없이 함께 묻어버렸다. ◀◀◀


깊이
또 깊이 팠는데
비좁구나 땅이여
주검이 너무 많아서

칠성판도 없는 주검들인데
메마른 나무같이
바삭한 주검들인데
비좁구나 땅이여
죽어서 누울 자리조차
불편한 땅이여

순서도 없다
주검들은
늙은이건
젊은이건
어린이건
그 순간엔
다 같이 주검일 뿐

목놓아 울어주는
사람도 없다
살아서 동정 한 번
못 받아본 사람들
주검에 그 무슨 동정이 필요하랴

누구의 무덤인지도 모른다
주인도 없는 주검들이다
가족까지 다 죽어버리고
산 자조차 유랑을 떠난

그러나 한결같이
모두가 외치는 건
"우리 모두는 굶어죽었다"

# 10년 후에


왔다
무덤이 없는 땅에
무덤을 찾아
사람들이

죽음을 피해
떠돌이 갔던 사람들
몇 안되는 그들이

부모의 무덤
형제의 무덤
친구의 무덤을 찾아

초라한 잔디 한 개
덮어있지 못한 땅
서러운 바람소리만
밀려가고 밀려오고

어데 있는지도 모른다
평토된 땅에서
모른다
누구의 무덤들인지도

모른다
이곳일지도
저곳일지도
네가 밟고 있는 그 땅일지도
내가 딛고선 그 땅일지도

딱히 모른다
무덤을 묻은 사람들이
그 다음날
주검으로 어느 땅에
또 묻혔으니

그렇게
끊기지 않는 죽음으로
굶음의 전쟁을 치렀으니

찾지를 말라
네 무덤이 어디 있고
내 무덤이 어디 있나
한 가지만은 잘 안다
이 나라 땅이 분명함을
한(恨)의 땅아

## ❷ 그게 김정일이었네

# 진리(眞理)

내 나라에서 내 나라로 왔으매
나는 반동이 아니다
모질고도 모진 굶음
그냥 앉아죽기란 기막힌 일
피를 나눈 혈육의 집으로 왔을 뿐이다

내 나라에서 내 나라로 왔으매
나는 역적이 아니다
독재가 미워 떠나왔을 뿐
자유를 찾아 혈육의 집으로 왔을 뿐이다

이 나라에 반동은 단 한 명인데
이 나라에 역적은 단 한 명인데
단 한 명만 그걸 거꾸로 알고 있을 뿐
그래서 우리 모두가 반동이 되어 있을 뿐

# 충성의 金

▶▶▶ 북한에는 해마다 장군님께 바치는 충성의 금 1그램의 과제가 있다. 개인이 금을 가지고 있지 못하기 때문에 돈으로 낸다. 시세에 따라 가격이 다르다. 처음에는 당원들의 과제로 안았다가 지금은 일률적으로 수행되기도 한다. 무조건 수행되며 불만을 표시할 수 없다. ◀◀◀

손자가 배고파 웁니다
이 늙은이의 배는
손자보다 더 고파
등가죽에 말라붙어 있습니다

이제 몇 날을 더 살겠는지
저 앞산에서 먼저 간 이들이
나를 보고 웃습니다
걱정일랑 다 닫아걸고
땅 속에 누우면 아무 일도 없는데
그 나이에 울상을 짓고
근심 졸이느냐구

한 끼를 먹고 다음 끼 걱정 때문에
며느리의 가슴은 바글바글 끓는데
죽어가는 자에게도 당원이란 이름이 붙어
당에서 충성의 금 1그램을 바치라니

굶어도 당비는 꼭꼭 바치고 있는데
이제 며칠을 더 살지 모를
이 늙은이한테도 그 몫이 분배되니
참으로 죽어지지 않는 이 목숨이
안타깝기 그지없습니다

당원은 왜 되어가지구?
늘그막에 이 고생이냐
아들의 몫, 며느리의 몫, 내 몫까지
세 곱의 금을 만들어
장군님 당신에게 보태주자니
가슴은 겨불내로 가득찹니다

온 가족이 굶더라도 내야 되기에
온 집안에 시름 위에 시름이 겹쳤습니다
그 금을 안내면
장군님은 우리를 원수로 볼 테니
그 또한 두려워 몸부림칩니다

금도 아닌 쌀이 없어
딸의 세 식구는 굶어죽었는데
충성의 금 3그램이 어디서 납니까
그럴지언정 바쳐야 되는 충성

태어날 때부터
부르짖는 충성

죽을 때까지
부르짖다 죽을 충성
우리의 배고픈 배에서
펌프질해내는 바람소리 같은 충성입니다
충성만 부르짖다 죽을 기막힌 목숨들입니다

# 종이꽃과 여인들

▸▸▸ 사람이 말라가고 있는 북한에서 꽃을 찾아보기란 신기할 정도로 힘들다. 2011년 봄날에 중국 방문을 갔다 온 김정일이 꽃이 활짝 피어있는 중국의 거리가 좋았는지 오자 당장 거리를 꽃바다로 만들라는데 어디서 꽃을? 할 수 없이 종이꽃, 비닐로 만든 꽃을 길가에다 심고 여맹원들이 지켜섰다. 그 여인들이 했던 말이 잊혀지지 않는다. "집에 때거리가 당장 없는데 장마당에 나가야 할 형편에 이런 일까지 해야 하나? 아, 피곤하다" 아침 시간에 심고 밤에 거둬들이고… ◂◂◂

길가의 가로수들에 꽃이 폈소
비닐로 만든 꽃들이
메마른 땅에 풀 한 대 없는데
꽃만 우렷이 살아 있소
뿌연 종이꽃들이

촌스럽다 거리는
울긋불긋
자연이 그려낸 꽃이 아닌
위장된 꽃들로
이상한 짓거리들로
꾸며져 있다

이상한
그 꽃들은

벙어리가 노래를 부르는 것 같다
어색함이 슴 배어 우는 듯하다
지나가는 사람들은 눈 뜬 장님의 모습
꽃계절을 지나며
꽃의 아름다움을
짓밟듯 무시하는 모습들이다

그런데 참으로
더 가련한 것은
그 꽃들을 지켜선
여인들의 모습이다
여맹(女盟)조직의 위임을 받은

그들은 꽃을 지켜 섰다
날이 어두워지면
걷어들이는 꽃
날이 밝으면
또다시 드리워 놓는 꽃

꽃도 사람들도
다같이 시름겹다
꽃을 훔칠까
누가 짓뭉갤까
바람에 넘어질까
꽃이 되어 서 있는 여인들

그들의 얼굴은 하나같이
깊은 우울에 빠져 있다
그들의 마음속의 시간들에선
집집의 빈 가마가 끓고 있다
미련한 세상아
이상한 짓거리만 골라 하는 나라

쌀 걱정, 땔 걱정 사라질 때
저절로 거리는 환해질 텐데
사람들의 웃음이
그대로 함박꽃이 될 텐데
제발 괴롭힘을 적게 하라
종이꽃들의 미소에 누가 웃음을 날리랴
오히려
시름의 꽃 같은 여인들이
사람들의 가슴을 눈물로 적실 뿐이다

# 농사야 하늘이 짓지

▶▶▶ 몇 년 전에 농사가 잘 된 해가 있었다. 그 해 날씨가 농사를 잘 따라주었다. 한 농촌의 관리위원장이 벼 밭을 돌아보다가 흐뭇해서 한 마디 던졌다.
"그래. 그래. 농사야 하늘이 짓지" 하고 머리를 끄덕였다.
실수했다. 실수해도 대단히 큰 실수를 저질렀다.
"수령님 주체농법대로 농사지었더니 농사가 아주 잘 되었다"고 말해야 할 것을. 가족은 추방되고 관리위원장은 곧바로 정치범 수용소로 갔다. 그런데 딱한 것은 그 한 사람이 아니라 많은 사람들이 같은 실수를 저질렀다는 데 있다. 이제는 주체농법이라는 말을 입에 올리는 사람조차 없는데 하늘의 해를 가릴 수 있을까. ◀◀◀


농사야 백성이 짓지
그리구 하늘이 짓지
세상사람 다 아는 이치다
누가 하늘을 통치하랴
그것은 말도 안되는 일

말이 되는 나라가 있다
그 나라는 농사를
백성이 짓는 게 아니다
하늘이 짓는 게 아니다
천상천하를 다스린다는 한 사람이
그 한 사람이 짓는다
그 사람이 만들어냈다는
신통방통한 농사법이

그래서 그 나라는
꽃제비들이 득실거린다
죽음이 무덤을 쌓았다
하늘의 뜻 거스르니
세상천지가 노(怒)했다

# 그게 김정일이었네

▶▶▶ 김일성이 있을 땐 철도 옆 주변에 수림(樹林)이 무성하면 저격수들이 숨어 있을까봐 나무 한 대 심지 못하게 했다. 2011년에 러시아에 갔다 온 김정일이 철길 연선(沿線)에 있는 수림지대를 지나며 수림이 멋지고 철도 은폐가 잘 된 것 같다고 당장 지시가 떨어졌다. 철길 양 옆 30미터 구간을 수림지대로 만들라는 폭풍지시가 떨어져 그해 12월 초에 언 땅을 팠다. 그런데 그 주변의 땅이 모두 농경지여서 인민들의 원성을 샀다. 결국 한 개 군(郡)에 맞먹는 농경지가 사라졌다. ◀◀◀


될 말이냐
산은 온통 텅 비어 있는데
텅 빈 산에 심어야 할 나무
숱한 농경지를 없애고
그 자리에 나무를 심으라니

하라고 지시만 떨어지면
거꾸로 서서 걸으래도 해야 되는 일
심었네 한 개 군의 농경지가 없어졌네

미친 놈 아니야
농사할 땅이 적어
산도 갈아엎어야 하는 판에
이게 될 말이냐
어느 놈이냐 대체

백성들이 울분했다
참을 수 없었다
농민은 더 가슴이 아파서
숨어서 통곡했다

알고 보니
그게 김정일이었네
러시아 방문 가 보니
철도 주변이 수림으로 무성해
보기가 참 좋더라네
철도 은폐가 참 멋지더라네

다음 날 당장 지시했네
인민이야 굶든 말든
없애게
그게 한 개 군이 아니라
한 개 도(道)가 될지라도

그렇게 된 거라네
우리의 장군님
참으로 통도 크시다더니
몰랐네
이렇게까지 노망 통 크신 줄

마음 속에

인민이 비어있는 독재자
독재자의 구령은 언제나 망령
망령 속에 함정이 항상 곁붙어 있었지

땅이 노했나 봐
우리가 나무를 심을 구덩이 판 날
그날에 바로
장군님 서거하셨네

## 새해를 맞으며

온 한 해를 시름겹게 보내고
또다시 새해가 찾아왔건만
반기는 기쁨보다도
두렵습니다 가난의 적들 때문에…

피할래야 피할 수 없는 것
가족이 셋이면
세 몫으로 내야 하는 것들
그것이 우리를 위협합니다
우리의 가족은 세 명이니 세 몫
무조건 해야 합니다
우리의 가난을 털어서라도

적어봅니다
국방위원회 명령분 과제 파고철 100킬로씩
거기에 세 몫을 합치면 300킬로
고철 1킬로의 값이 100원이니
그것의 돈은 3만 원이라고 부릅니다

살림집 건설, 공장건설에 시달려
올해 덧붙여진 과제
막돌, 중자갈 한 톤씩

그것의 돈은 2만 원입니다

또 있습니다
분토 1톤, 풀거름 1톤
가족의 몫까지 세 배
어디에 있습니까
그 많은 분토, 풀거름
대신 돈을 냅니다
그것의 돈은 3만 원입니다

부르기조차 맥 빠지는 외화벌이 과제들
이 또한 무조건 해야 합니다
피마자씨, 살구씨, 대마씨, 잣씨
그것도 가족의 몫까지
그것의 돈은 더 엄청나서
부르기조차 괴롭습니다

그뿐만이 아닙니다
시시각각으로 걷어가는 것들
사적지건설지원, 돌격대지원
인민군대지원 등등
우리한테 월급이 고작 얼만데
걷어가는 것은 수십 배입니다

그 돈이 어디서 납니까
이 나라 여인들이 낮과 밤에 이어

장마당에서 벌어들인 눈물의 돈
나라는 보았습니다
배급을 주지 않아도 사는 백성들
그들의 주머니에 조금씩 차드는 밑천
원수였습니다 그것이

심어라. 채취하라.
열매를 걷어들이라
뻔히 압니다.
생소한 파고철이 어디?
피마자 심을 땅이 어디?

그게 목적이 아닙니다
돈을 겨눈 사냥
그 사냥으로 매일 매일 검증받습니다
당에 대한 충실성의 산 증거를

가족의 목구멍으로 넘기기 전에
먼저 바쳐야 하는 아픈 돈입니다
그 돈으로 우리의 천국이 일떠선다면
우리의 미래가 걱정 없다면
참고 견디련만

몸부림칩니다
따뜻한 밥 한 공기 소원인 우리의 돈이
앓는 아가의 병 고쳐야 할 우리의 돈이

늙은 부모 봉양해야 할 우리의 돈이
몸부림칩니다.
아픔의 천 배, 만 배가

새해가 왔습니다
우리에게는 크나큰 슬픔의 새해입니다
얼마나 많은 걸 바쳐야 할지
그 때문에 우리 얼마나 더 아파야 할지
몸부림치며 경악하는 새해입니다

# 세뇌(洗腦)

굶으면서도 만세를 부른다
쌀독이 비어서 거미줄이 매달려도
그냥 만세를 부른다

태어나서 세상을 알기 전
그때부터 만세는 우리의 몫
배고파서 굶어 죽어가면서도
까닭 없이 부르는 만세

세상을 깊이 산 늙은이도
정신없이 세상 속으로 끌려오는 젊은이도
세상을 셈하며 걸어 나오는 아기도
뜬금없이 외우는 만세

미칠 듯이 미워하면서도
부르는 만세
부수고 싶어서 어쩔 줄 모르면서도
부르는 만세
인기가 하나도 없는 만세

그것은 중독이다 만세가 아닌
독재가 감염시킨

더러운 정신병 바이러스다

# 우리의 종잣돈

화폐개혁
우리 모두는 놀랐다
꿈이냐 생시냐
꿈이면 깨어나지 말아라
생시면 우리 모두는 기절해 버린다

고난의 행군을 시작해 만 15년
죽음을 뻗대고 용케도 살아남은 사람들
풀뿌리 나무껍질은 가루죽으로
그 가루죽이 다시 밥으로 변했다

우리의 손엔 약간의 돈이 생겼다
굶지 않고 살아가는 밑천
그것만 씹으면 우리 또다시 죽는다고
못 벌어들인 날은 굶음을 끼니로
목숨처럼 가슴에 품었던 돈이다
그 돈의 이름은 '종잣돈'

그 돈에 큰손의 도둑떼가 달려들었다
국가를 목에 건 도둑떼
돈지갑은 말끔히 털렸다
수천수백만 원을 빼앗아간 자리에

오백 원짜리 종이돈 달랑 한 장

시체가 또다시 나가기 시작했다
도대체 진리는 어디에 있느냐
보릿고개 넘으면서도 삼키지 않았던
그 종잣돈
나라가 통째로 꿀꺽 삼켰다

# 또다시 화폐개혁

▶▶▶ 화폐개혁을 한 지 한 달 만에 현화(달러 등 外貨) 개혁이 시작되었다. '현화를 내화(북한돈)로 바꿀 데 대하여'라는 포고문이 나붙었다. 거기에는 만약 이후 현화를 쓰는 자는 법적 처벌과 함께 가족까지 추방한다는 공포와 협박이 들어있었다. 모두 깊숙이 감추었던 현화를 내화로 바꾸었다. 화폐(개혁) 이전 백 달러에 쌀 백 킬로였다. 그런데 내화를 바꾸고 나니 며칠 새 쌀값이 폭등하여 단 3~4일 어간에 쌀 몇 킬로 값으로 휴짓장이 되어버렸다. 그러니 얼마나 원통했겠는가? ◀◀◀

낱낱이 걷어갔다 그들은
화폐를 개혁한 뒤 끝에도
안쪽에 멀찍이 감춰둔 돈까지
부지깽이로 건져 쑤셔내듯
악착하게 걷어갔다

또다시 내걸었다
새로운 포고문을
이 나라에선 절대 현화를 쓸 수 없다
지금 내놓아라
뒤끝에 걸려든 자는
가족까지 용서가 안된다

위협과 공갈
협박과 공포에

내놔야 할 것인가
말아야 할 것인가
두 갈래의 중심에 서서
오도가도 못 하는
독안에 든 쥐 신세 같은 사람들

또다시 속기 시작했다
죽지 않기 위해
살기 위해
비(秘)돈으로 감추었던
달러, 위안, 유로들
북데기 내화로 변해 버렸다

첫 번째 타격에 몸부림치고
두 번째 타격에
민신창이 된 사람들
이제 더는 일어날 힘이 없어

다시 죽어가기 시작했다
15년 전에 삼백만이 간
그 죽음의 길을 향해
새로운 죽음이
다시 시작됐다

# 거짓말

돈을 빼앗긴 사람들아
듣고 있지
교묘하게 내돌리는 거짓말
보고 있지
허울을 씌운 거짓이 움직이는 것들

맨날 이렇게 살아야 하는가
백성의 힘은 왜 이렇게도 무기력한가
더러운 세상과 맞서지도 못하고
침묵으로 분노를 꾹꾹 삼키는 사람들아

그 자들은 그것을 보고 있었다
돈을 빼앗기고 또다시 허덕이는 사람들
마음속에 웅크리고 있는 신음의 폭탄
언제 터뜨릴지 모를 그것을

어떻게 그 기분 늦추게 할까
발편잠 못자던 자들이
아무것도 없는 빈 차량 씌워놓고
온 나라를 돌게 하고
저것이 쌀더미다
저것이 옷더미다

오늘도 들어오고 내일도 들어온다

열흘을 기다려도 소식이 없고
백날을 기다려도 쌀 한 알 안차례지는데
계속 입김이 서리서리 돌고 돈다
이제 배 두드리며 먹게 해줄게

거짓말도 백 번 하면 진짜로 된다는
괴벨스의 철학을 공부한 자들아
알고 있느냐
가짜가 진짜로 되지 않음은
시간이 증명하는 법
진리란 위대한 거짓말이 아니거니

심장이 든든한들 마음 편할 수 있으랴
양철판을 뒤집어쓴들 속가죽이 편하랴
인민의 것을 제 것으로 삼킨 심사 때문에
매일매일 거짓으로 살아가는 자들아

내일에 풀어헤칠 거짓말 보따리
또 어디 있느냐

**❸**
우리의 자유

# 우리의 민주주의

▶▶▶ 몇 년 전에 있은 일이다. 철직(撤職)된 당 비서가 너무 좋은 사람이어서 아쉬움을 금할 수 없었던 몇 사람이 당위원회의 신소(申訴)과를 찾아갔다. 그들이 한 말은 간단하다.

"당 비서 동지를 다시 우리한테 보내주시면 안됩니까? 우리가 일을 잘못해서 그렇게 된 건데 앞으로는 우리가 일을 더 잘하겠습니다."

그게 죄가 될 줄 몰랐다. 당에서 결정한 일을 가지고 감히 엇드레질하는 것(시비를 거는 일)은 정치적 대행(代行)이라는 것이다. 그리고 세 명이면 충분히 한 개의 반(反)정치조직의 가능성이 높다는 것이다. 당장 보위부의 감방에 갇혔다. 그때 처음으로 모두가 이런 법이 있다는 것 알았다. 세 명 이상이 같은 목적을 가지고 함께 당위원회를 찾아가서 의견을 제기하면 반국가 범죄가 된다는 것을. 결국 인민들은 두려움에 떨게 되었고 당은 인민들에게 다시는 대행할 수 없는 각성제를 먹인 것과 같이 되었다. ◀◀◀


누구도
그런 법 있는 줄 몰랐다
세 명이 당위원회 문고리 함께 잡으면
그게 정치적 범죄가 되는 줄

처음으로 알았다 우리는
우리의 당 비서 옹호하려
당위원회 문턱을 밟은 날
그 시각부터

우리의 당 비서는

참 좋은 사람이다
우리가 그를 존경하는 건
아첨을 모르기 때문
우리의 아픔을 함께 느끼기 때문
가장 중요한 건
우리의 자유를 존중하기 때문

그가
당위원회 비판을 받고
철직(해직)당하던 날
우리 모두는 함께 아픔을 느꼈다
그리하여 당위원회를 찾아갔다

정히 청(請)을 드렸다
그는 좋은 사람이라고
그가 다시 우리를 이끌면
우리는 당에 더 잘할 것이라고
맹세도 함께

그게 죄가 되는 줄
무서운 함정이 될 줄
그날 그 시간에 세 명은
보위부의 컴컴한 감방에 갇혔다
반정치의 주모자를 대란다
정치의 채찍은 스산하다

우리는 당 청사에
돌멩이 던진 적 없다
항의를 한 적도 없다
시위를 벌인 적은 더더욱 없다
천진하고 순진한 우리의 마음을
그냥 청으로 드렸을 뿐이다
그게 죄가 될 줄 어찌 알았으랴

그런 법 있는 줄 알았으면
우리는 당초에 가지 않았을 걸
우리의 뇌는 어릴 적부터 세뇌당한 뇌
이미 분노할 줄 모르는 백성
작은 請마저도 짓밟히고 무시당하는
이게 조선민주주의다

# 살아 있느냐 아이들아

▶▶▶ 나는 내가 사는 그 좁은 골 안에서조차도 정치범 수용소로 끌려간 수많은 집들을 보았다. 그 중에서 내가 잘 아는 한 집이 정치범 수용소로 끌려가게 되었는데 그 참상을 직접 목격하게 되었다. 그 집 남편은 얼굴 한 번 본 적이 없는 서관히(공개 처형당한 북한 농업담당비서)의 먼 친척이 되어 아내와는 강제 이혼당하고 세 살, 다섯 살 되는 두 아이와 함께 정치범 수용소에 끌려가게 되었다.

원래 수용소 가는 집은 밤에 몰래 실어가는데 이 집은 대낮에 끌려갔다. 엄마 品을 떨어지지 않겠다는 아이들을 강제로 떼어내어 차에 실었다. 아이들을 빼앗긴 엄마는 그 자리에서 기절해버렸다. 목격한 사람들이 모두 애써 눈물을 참고 있었다.

그후 아이들의 엄마는 정신병자가 되었다. 아이들과 애아버지의 그후 소식은 모르지만 나는 살아있을 것이라고 믿지 않는다.

그후 얼마 되지 않아 서윤석(심화조 사건으로 잡혀간 前 평양시당 책임비서) 사건이 일어나 정치범 수용소로 연루된 사람들이 우리 동네 주변에 두 집이었는데 해명이 되었다고 1년 후에 돌아왔을 때 유독 연약한 아이들만 견디지 못하고 다 죽었다고 한다. 살아 돌아온 어른들도 사람이 아니라 해골바가지 같았다. ◀◀◀

엄마 가슴 꼭 부여잡고 놓지 않는 아이들을
아이들을 꼭 끌어안고 장벽처럼 막아선 엄마를
순식간에 잡아 뜯어 내동댕이치고
화물차의 짐칸에 걸레짝처럼
처박혀진 아이들아
세 살, 다섯 살, 세상의 냄새를 맡기도 전
죄란 웬 말이냐?

엄마의 통곡, 아이들의 통곡이

강산을 진동한다
영문도 모르고 잡혀가는 애들 아빠는
온 얼굴이 사색(死色)이 되어 침묵의 분노를
수갑을 찬 두 손에 가득히
불끈 쥐고 서 있었다

가슴을 찢기는 분노만으로는
세상을 이기기 너무 애달파
애들 엄마는 정신병자가 되었고
눈으로 지켜보기 너무 끔찍해
가슴으로 지켜본 온 마을의 눈동자들은
지금도 숯덩이의 마지막 불씨처럼
너희들을 고이 기억하고 있다
제발 살아남기를 간절히 기원하며

침묵이 이빨을 갈며
벌써 15년이라는 세월이 흘렀다
천진한 얼굴에 세상을 담아 보기 전
죄부터 신청한 아이들아
그냥 살기도 버거운 이 세상 속의
가장 무서운 철창 속의 세상에서
아이들아, 살아 있느냐

살아있다면 끝까지 살아다오
이 세상을 징벌하는 마지막 증견자(證見者)가 되어 달라
엄마의 원수, 아빠의 원수

이 세상의 가장 흉악한 너희들의 원수를
그 원수를 징벌하기 전에는
차마 눈 감지 말아다오
부디 죽지 말고 끝까지 살아남아다오

# 코걸이

▶▶▶ 어느 날 윗동네에 볼 일이 있어 자전거를 타고 지나가는데 아기 하나가 춤을 추고 있고 몇 명의 사람들이 떠들썩대며 웃고 있었다. 만 세 살 됐을까말까 한 아기였다. 나도 그 애의 춤추는 모양이 귀여워 저도 몰래 입이 벙글거리며 지나갔다. 돌아올 때 보니 아기가 춤추던 곳에서 떠들썩 싸움이 벌어지고 있었다. 알 만한 사람들이 눈에 띄어서 자전거를 멈추고 보니 '비(非)사회주의 그루빠'들과 아기 아버지인 듯한 사람이 밀치고 당기며 실갱이질을 벌이고 있었다.

"세 살짜리 아기가 저절로 엉뎅이 들썩이며 춤을 추는데 그게 무슨 죄냐?" 하는 아기 아버지의 목소리가 흥분에 뜨고 있었다. 아기가 궁둥이를 들썩인 것이 사건화되어 '사회주의 생활 양식'에 어긋나는 자본주의 '황색바람'이라고 단속당한 것이었다. 나는 어이가 없어서 웃음이 나왔다.

"나쁜 놈들, 오늘 성과가 없었던 모양이구나. 아기까지 단속한 걸 보니."

분명 그날 아기 아버지는 곤욕을 치렀을 것이다. 죄목이 없어 언치(억지를 부리면서)를 못 거는 자들인데 주먹질까지 오고 갔으니, 고급담배 한 갑 쥐어줬더라면 그것으로 끝났을 것을. 엄청 혼났을 것이다. 시내 안에서 그 자들의 권한은 책임비서도 좌우치 못할 정도로 대단하다. 코에 걸어 주고 싶으면 코에 걸고, 귀에 걸어주고 싶으면 귀에 걸어 채는 자들이다. ◀◀◀


먹을 것을 손에 쥐지 못했어도
아빠 엄마가 있어 아기는 행복하다
좋아라 흥겹게 춤을 춘다 궁둥이 들썩이며

아가야 행복한 때로다
아직은 세상의 깊이를 알 수 없으니

옆집 할머니도 웃고
지나가던 길손도 따라 웃는다
웃을 일이 없던 동네
춤추는 아가를 놓고
웃음발을 길게 날리고 있다

문득 지나가는 손님 몇이
증명서를 펴 보이며 눈으로 제압한다
"이게 어느 나라 춤이냐
사회주의 춤이 맞느냐
궁둥이 들썩이는 건 황색바람이다
이건 자본주의 날라리 풍(風)이다
네들 수용소 가고 싶으냐?"

세 살짜리 아가한테 무슨 사상(思想)이 있느냐
실없이도 웃고 춤추는 게 아이들이다
과자 한 개 못 쥐어주는 벽 같은 세상을 향해
아빠가 달랜 잠시의 즐거움이다
아프고 쓰린 가슴 달래기도 벅찬데
이 무슨 코걸이질이냐
사회주의 쓰레기들아

즐거움 뒤에
아기 손에 과자 몇 개 못 쥐어주어도
제발 아기의 눈물만은 터치지 말아라
철없는 아기의 즐거움조차 훼방 놓는 나라여

이게 무슨 사람의 세상이라고
말할 자격이 있느냐

# 마음 속에만 흐르는 분노

인민이 주인이라는
그 고귀한 이름을
말로만 외칠 뿐
인민이 주인이 된 적은
단 한 번도 없다

하여
눈만 뜨면 충성의 모임
눈만 뜨면 충성의 노래
누려야 할 권리는 모두 팽개치고
한 사람만을 위한
의무로만 살아야 하는 가련한 인민

그렇게 묶이어 수십 년
벌레처럼 꿈틀거리기만 할 뿐
말 한 마디 변변히 할 수 없는
철창 없는 감옥에 놓인 인생들

사람이 사는 목적은
세상 그 어느 나라나 똑같건만
세계 유일의 끈질기고 끈질긴 노예의 땅
언제 우리는

권리를 가진
진짜 사람으로
살 수 있을까

# 부끄럽다

▶▶▶ 왜정시기에 살아온 노인네들이 굶주림에 못 이겨 하는 말들이 있다. "왜정 때보다 더 힘들다. 왜정 때 굶지는 않았다." 독재란 이렇게 우리를 분노케 한다. ◀◀◀

참고 참다
더는 못 참아
거침없이 나오는 말들이 있다
왜정 때보다 더 힘들다
왜정 때 굶지는 않았다

부끄럽구나
얼굴이 붉어지누나
당한 자에게조차도
후더운 비유를 던지는
우리의 말들이

참말로 더 부끄러운 건
피를 바쳐 애국을 다한
대쪽 같은 열사들 앞에
감히 얼굴 들기 힘들다

그래도 변명은 있다

애국심이 사라져서가 아니다
손자의 노망을 지켜보는 외로운 할아베
그 멍청한 몰골 같아
가죽을 도려내는 아픔 때문이다

자기의 땅에서
자기를 버리고 사는 사람들
독재란 이처럼 우리를 분노케 하는 것

시간이 지난 후
역사는 무엇을 쓸까
우리의 아픔을 쓸까
아니면 부끄러움을 쓸까

# 아프다 소나무야

▶▶▶ 5년 전 일이다. 바쁜 농사철이어서 가까운 농촌에 지원을 나갔다. 벼 모를 나르는 길에 우연히 농촌길 포장도로의 양 옆에 소나무가 몇 미터 간격으로 스무 대 가량 서 있는 것이 보였다.

한국에서는 많이 보아왔지만 북한에서는 도로의 가로수로 소나무를 심지 않는다. 소나무가 뚱딴지같이 시내 농촌 골목길에 서 있다는 것이 상식적으로 이상한 일이었다. 그보다 더 이상한 것은 파랗게 살아있어야 할 나무가 말라죽어 있었다. 나무 밑을 내려다 보니 심은 지 얼마 안된다는 걸 알게 되었다. 마침 농장의 관리일꾼이 친구여서 물어보았다.

"소나무가 왜 여기서 말라죽었어? 묘목도 아니고 수십 년을 자랐을 나무들인데?"

"기가 막힌 일이지."

그도 공감이 된다는 듯 그 옆의 한 곳을 가리켰다. 한 동에 두 세대짜리 새로 지은 아담한 농촌집 세 동(여섯 집)이 보였다.

"저 집에 장군님 모시겠다는 책임비서의 충성심이다. 먹을 것이 없어 농장원들이 일도 못 나오는 판인데 당장 집 지어서 장군님 모시겠다는데 별 수 있니. 그걸 짓느라고 종자벼까지 다 팔아먹고 벼 모가 모자라서 큰일 터질 것 같다. 말도 못하고 있다. 겨우 집 지어놓으니 장군님 오실 길에 나무 한 대 없다고 당장 나무를 떠 옮기라는데 묘목은 안된다고 해서 온 산을 헤매봐야 소나무밖에 더 있나, 할 수 없이 스무여 그루 떠다 심는 게 노력(勞力)도 모자라서 혼났어. 개고생했어. 근데 장군님 오기 전에 다 말라죽었으니, 아닌 게 아니라 백성들 말마따나 책임비서 저 자식 반동이 아닌지도 모르겠다" 하고 귓속말로 쏙닥거렸다.

나뿐만 아니라 오가는 모든 사람들이 말라죽은 소나무 옆에서 처음에는 욕지거리 하다가 '장군님'이란 말에 혀가 굳어져 버렸다. ◀◀◀

간신의 매에 맞아죽은 사람이
어디 한두 사람이냐
하지만 소나무야

너는 사람도 아닌 나무가 아니냐
네 또한 무슨 죄가 있어서
수십 년을 뿌리박힌 집을 떠나
타향에서 이렇게 말라죽어가고 있느냐

누가 알았으랴
사람도 아닌 나무조차도
간신의 눈에 밟히면
용서가 없다는 것을
뭐라 말해야 위로가 될까
나무야 산천을 빼앗긴 나무야

간신들이 충신으로 둔갑했으니
세상을 보는 눈은 소경이 되어 버리고
아첨의 늪에 빠져 세상을 거스르니
지지리도 못난 망조(亡兆)가 든 나라여
편한 자 누구일까

할 말을 잃은 세상의 눈들은
울분에 젖어있다
아프다 나무야
산천도 사람도
간신의 눈초리는 피할 수 없으니
네 모습이 이 나라 모습이다

# 우리의 자유

▶▶▶ 생활총화. 학습 한 번 못 참가하면 천 원을 내야 한다. 부역에 못 나가도 역시 돈이다. 반나절 못 나가면 2천 원. 한나절 못 나가면 4천 원, 힘든 일이면 일에 따라서 값이 지불된다. 개인당 과제를 주기 때문에 못 나가면 돈을 내든지 그 돈으로 사람을 사서 내든지 해야 한다. 그 돈을 못 내서 개처럼 끌려다니며 생활총화 무대에서 천대받던 사람들의 모습이 떠오른다. ◀◀◀


한 달에 네 번 하는
정기 생활총화, 정기학습
한 번만 못 참가해도
그걸 돈으로 지불하란다
그것의 돈은 천 원
네 번 못 참가하면 4천 원
이게 우리의 자유

저 큰 공설운동장에서
쩍 하면 외쳐대는 강제적인 행사들
그 또한 못 참가하면
돈으로 계산된다 천 원
이게 우리의 자유다

아기가 아파서 못 나간 부역
먹을 것이 없어서 못 나간 부역

모두 돈으로 지불하란다
반나절 했으면 2천 원
한나절 했으면 4천 원
시간의 크기에 따라
돈의 무게를 단다
이게 우리의 자유다

일한 몫에 따라 돈 준다는 법
들어봤겠지만
들어봤느냐
일 못한 몫에 따라
돈 내야 되는 법은
그 돈 못 내는 자
차라리 죽어버리든지 하란다
이게 우리의 자유

그 꼴 보기 싫다
사라지려 서두르면
총칼이 우릴 위협한다
어디든 떠나지 말고
자기들이 지워준 멍에
끝까지 끌다가 죽으란다

억울하다
우리의 자유란 소갈데, 말갈데
창피하다

인민이라 불리움이
옭매이고
더 옭매어진 우리 모습
이게 우리의 자유다

# 비장한 자유

▸▸▸ 떠나올 때 나는 잡히기보다는 죽음이 낫겠다고 생각하고, 먹으면 영원히 잠들어 버릴 약을 준비해 가지고 나왔다. ◂◂◂

왜 떠나는가고
총 쥔 악당이 묻는다
그 자리에서
한 발자국만 옮기면
내 온몸은
사정없이 벌 둥지가 되리라

그래도 가야겠다
내 살점이 둥청 떨어져나가
피가 강물 우에
붉은 구름을 피워 올릴지언정
내 뼈가 쪼각이 나서
토막토막 강물 우에 뿌려질지언정

가야겠다 이래도 저래도
죽을 건 뻔한데
차라리 영혼이라도
자유와 함께 몸부림친다면
원 없으리라

# 풍선아

태어날 때
실컷 다 먹고
배부르게 태어나는 풍선처럼

자유로이
실컷 하늘을 날다
즐겁게 세상살이 끝내는 풍선처럼
부럽다 네가
배부르고
자유로운…

# 나의 시(詩)는(1)

자연에는 소리칠 것이
아무것도 없다
너무 예뻐서 즐거움만 가득차고
너무 순수해서 마음만 달래주는
그곳에는 아픔이 없다
낭만적인 자유만 있을 뿐

내 안에는 온통 슬픔
그 때문에 또한 온통 폭탄같은 분노여서
산산히 부서져
너덜너덜 찢기어진 아픔의 시체들
그것들은 독재의 흔적들

그 시체같은 분노들을
자연과 비유함은
아름다운 꽃에 피칠갑시키고
비단길에도
뼈를 에이는 가시밭을 그려야겠으니

자유와 독재
절대 한 이불 덮을 수 없어
그래서 나의 시(詩)는
절대 자연에 비유 못해

# 나의 시(詩)는(2)

누구는 시(詩)를
꽃같은 아름다움에 비유했다
또 누구는
봄날같은 훈훈함에 비유했다

나의 시(詩)는
자연에 비유 못하겠다
증오가 꽃과 섞여지면
연약해질까봐
분노가 따뜻함과 어울리면
해면처럼 잦아들까봐

그 때문
그 때문
나의 시(詩)는
절대 자연에 비유 못해
진실이 무너질까봐

**❹** 우리의 가난을 지켜보는 세계여

# 꽃제비가 본 강성대국

▶▶▶ 2008년도부터 북한에서는 강성대국이 올 수 없다는 예언이 백성들 나름대로 돌았다. 너무 비슷한 예언이고 유머 식이어서 모두 실컷 웃었다. 배부른 밥 한 공기 먹은 것만큼이나 실컷 웃은 것 같다. 모두 노골적인 비웃음이었다. ◀◀◀

강성대국이 내일 모레다
몇 년만 있으면 강성대국이다
소곤소곤
말바람이 불어오기 시작하네
이상한 말바람(소문)이
꽃제비들 속에서
먼저 솔솔

그날이 오면
꽃제비옷 무조건 벗겨준다기에
옥수수밥이라도 먹을 수 있다기에
하루하루를 지겹게 이겨내는 꽃제비들
먼저 열었네 시간을 앞당겨
강성대국이란 엄청난 문을

빠끔히 문 밀고 들여다 보았지
보았네 강성대국을
쌀 한 톨 없는 그곳에

꽃제비들만이 차고 넘치네
너도 나도 배고프다 밥 빌고 있네
보고 또 봐도 틀림없는 자기들 모습

희망이 삽시에 죽어버렸네
빈 깡통 두드리는 강성대국
이것이 우리에게 줄 것이었나

소곤소곤
가을 바람에
날려가고 날려오네
이 세상에 강성대국이란 없다
새빨간 거짓말이 그 안에서 울고 있다

# 늙은이들

강성대국이
코앞에 왔는데
보태지는 것은 아무 것도 없다
덜어지는 것만 불어난다
참으로 강성대국이 오는 걸까

기다림에 지친 늙은이들
죽기 전에 강성대국
직접 확인하고 싶단다
잠시 베고서라도
죽는 것이 소원이란다
떼를 쓰며 먼저 열었다네
거창한 강성대국의 문을

보았다네 강성대국을
아무 것도 없는 빈 땅에서
바람소리만 오락가락
그 가운데 흐느끼고 있는 건
멍청히 서 있는 자력갱생 깃발

헛 참 아직도
자력갱생이라니

북망산이 눈앞에서
날 기다리는데…

속았구나 또
이제는 힘도 거덜이 난 세상살이
차라리 죽자
먹을 것도 필요 없고
입을 것도 필요 없는
북망산이 차라리 강성대국인걸

# 젊은이들

조금만 더
조금만 더
젊은이들아
조금만 더
이제 곧 강성대국이 온다

끼니는 풀죽으로
일은 몇십 배로
골수의 기름이 다 빠져
점점 눈앞이 희박해진다

아무리 달리고
또 달려도
앞에 놓인 건 없더라
나날이 갈수록 우리의 살림은
더 박박하더라

한껏 탕개를 조이고
이십 년을 살아왔다
이제는 끈 풀 때가 되지 않았을까
의문의 소용돌이
너희들이 말하는 강성대국

참으로 있기는 있는 거냐
문 열어보았지

문 열었지
기가 막혔지
강성대국 잔치상 차려놓은 그 앞에
슬슬 배 문지르고 있는 간부들
그들만이 힘차게 외치고 있었지
강성대국 만세를

어허 그렇구나
간부들만의 강성대국
그들만을 위해서
우리가 살았구나
우리는 없었다 그 안에
우리의 사랑하는 부모처자도

너무 슬프구나
우리의 뼈를 깎으며
우리를 위해서
한푼의 가치도 없는 우리

그런 것이었구나
강성대국
간부들이 부르짖고
우리의 피땀이 바쳐지는 그것

그리고 간부들이 가지는 그것
우리의 몫이 하나도 없는

# 굶주림과 결백

굶주린 배를 움켜쥐고
고스란히 죽음을 마중하기보다는
뛰다가 죽음이 원 없지 않을까
양반도 삼일 굶으면
남알 밭으로 뛰어든다는데

마약이면 어떻고
도적이면 어떻냐
돈 되는 짓 아무 짓이라도
하다가 죽음이 어떻냐
누가 우리의 굶음을 알아주랴

끝내 마약장사한 죄로
단두대에 섰다
하여 총탄이 가슴을 꿰뚫었다
간부집만 터는 도적이 되어
결국은 심판대에 섰다
하여 징역 5년에 병들어 죽었다

굶음이 무슨 짓인들 못하랴
총소리는 계속 울리고
심판대는 거둘 줄 몰라도

굶주림이 저지르는 행위들은
꼬리에 꼬리를 문다

죽음으로 가는 길인 줄
누가 모르랴
하건만 새파란 하늘을 두고
청춘에 굶어 죽다니
자신도 용서가 못되는 일을
알면서 부나비처럼 뛰어드는 길

결백을 찾지 말라 이 나라에서
살기 위해 가는 죽음의 길
굶주림이 결백을 용서 안한다

# 이 나쁜 놈들아

▸▸▸ 새벽이면 집주인들보다 먼저 깨어나 집집의 문 두드리는 간부놈들. 인민의
돈주머니를 털어내기에 잠도 자지 않고 새벽바람 쐬는 정신병자같은 간부 놈들에게.
부역으로 우리의 몸을 희생하고도 돈으로도 희생당한다. 해마다 내야 하는 숱한
과제들은 우리를 경악시킨다.
달마다 내야 하는 파고철을 비롯한 누짐 과제들. 분뇨 1톤, 풀거름 1톤, 피마자씨,
살구씨, 토끼가죽, 인민군대 지원, 건설지원… 끝이 없다.
그 모든 것을 물건 대신 돈으로 지불해 간다. 하룻밤 자고 깨기 두렵다. 그 돈 안 내면
간부들이 인민반장, 여맹위원장을 앞세워 집 문턱을 지켜 선다. 그 돈 못 내면 올 한
해 사상투쟁 무대에 서야 한다. ◂◂◂


눈을 뜨면 아침이 무섭다
새벽부터 청승을 떨며
문턱을 지켜서는 사람이 있으니

두렵다
이 아침에 또 무엇이?
아닐세라 문을 두드린다
동 간부라는 작자가
우리의 돈 털어갈 몫이 예고된
두툼한 장부를 들고

하룻밤 새 꿈도 무서운 나라
밤새 어느 놈 궁리해 낸 거냐
우리의 돈주머니 털어내는

법도 없다 이 나라는
참으로 착한 인민이라서
제멋대로 가지고 노는
놀잇감처럼
밑놈도 웃놈처럼
제멋대로 행세하는 놈들

어느 하루도
인민의 돈주머니
엿보지 않으면
잠 못자는 놈들아

네놈들은
밤새 피를 빨고
피둥피둥 살찐 빈대처럼
퉁퉁 불어나는 꿈만 꿨을 테지

봤느냐
젓가락도 숟가락도 필요없는
후루룩 들이마시는 맹물 같은 죽그릇을
그래도 뜯어갈 셈이냐
도적도 가난한 집엔 의적(義賊)이라는데
이 나쁜 놈들아

# 농민의 억울함이여

▸▸▸**농사를 짓고도 농민들은 1그램의 분배도 못 받는다. 가을이 되기 시작하면 군대가 들어와서 총을 쥐고 걷어간다.**◂◂◂

땅을 치며 운다
땅을 가꾸고도
그 땅에서 쌀 한 알 못 털어낸 농민들이

근심에 운다
가을은 분명 가을인데
배 속에서 쪼르륵 쪼르륵
등가죽, 뱃가죽 말리는 소리
이렇게 온 한 해를
가족과 함께 버텨야 할 텐데

기가 막히다
봄부터 가을까지
허리 한번 펼 새 없었건만
농민이 가을하기 전
먼저 훑어가는
시퍼런 총 쥔 도둑떼여

사정이 없다 그 자들은
소출이 안난 땅에서
사서라도 그 쌀을 메우란다
하늘도 무심하지

기가 막히다 이 나라여
내 땅이 내 땅이 아닌 무자비한 나라여
농민의 억울함이여

차라리 농민이 되지 말고
논밭의 개구리가 되면 어떠랴
논밭에 달려든 송충이 같은 놈들은
혀 밑으로 싹싹 녹여내는
그래서 쌀 밭을 흐뭇하게 지켜 볼 수만 있다면

# 간부집 아들이 장가가는 날

전기가 왔다
어느 날 저녁
일년 내내 종무소식이던 전기
네가 어떻게
살아왔느냐

오늘은 살 것 같다
전기를 보니
명절이 온 것 같다
멀건 죽그릇도 맛있게 비울 수 있는 밤
마냥 좋은 전기야

다음날 아침 떠도는 소문
어제 어느 간부집
그 집 아들이 장가가는 날이었다

아 그래서 전기가 왔군
간부들아
어느 놈 아들이든 상관 말고
계속 장가가는 놈 없냐
우리가 전기를 좀 보게

# 딱 한 번만

먹어보고 싶어요
군침이 돌고도는
식당의 하얀 이밥과 고깃국을
딱 한 번만

공부하고 싶어요
새까맣고 거칠거칠한 손에
연필을 쥐어보고 싶어요
딱 한 번만

입어보고 싶어요
이 퀴퀴한 거지 옷 벗어던지고
간부집 애들이 입은 저 옷
딱 한 번만

그렇게 살고 싶어요
그러면 죽어서도
원 없을걸요
딱 한 번만

# 우리의 가난을 지켜보는 세계여

▶▶▶ 고난의 행군 시기에는 부역이 적었다. 유엔과 대한민국에서 쌀이 들어오자 다시 대대적인 부역이 시작되었다. 쌀은 다 뒷문으로 간부들이 몇 곱으로 타서 팔아먹으며 인민들한테는 닭 모이처럼 주었다. 그러면서도 배급을 준다는 명목 밑에 매일이다시피 끌어냈다. 부역에 끌려나가는 것은 주로 여맹원들이다. 그들의 고생은 말이 아니다. 낮에 장마당에 나가서 벌어야 할 빈 쌀독을 둔 그들의 속은 빠질빠질 탄다. 할 수 없이 부역이 끝나서 저녁시간에 지친 몸을 끌고 장마당이나 골목골목에 가 앉는다. 그런데 그들이 들고 나가는 등잔이 말썽인 것이다. 그 가련한 등잔불 밑으로 비치는 우리의 거렁뱅이 꼴을 인공 지구위성을 통해 한국과 유엔이 내려다본다는 것이다. 그것 때문에 대대적인 검거소동이 2007년부터 시작되었다. 장삿짐과 사람들을 발로 들이차서 엎는 보안원들과 단속자들, 무참히 짓밟히는 인민의 아우성 소리. 그게 북한이다. ◀◀◀

낮에는 낮대로 부역
밤에는 밤대로 목숨유지
가스등잔 켜들고
내리감기는 눈 쥐어뜯으며
장마당에 나앉은 사람들

그들의 봇짐이 밟히운다
내동댕이쳐진다
보안원들의 구둣발에
단속자들의 구둣발에

도대체 뭐냐
이 밤중에조차도
군말 말고 사라지란다
나라망신 작작 시키란다

저 하늘 인공 지구위성에서
우리의 거지꼴 내려다본다고
대한민국이 우릴
유엔이 우릴

우리도 고달프다
몸은 솜같이 노그라든다
낮 동안의 부역에 노그라든 몸
실컷 일 시키고도 밥 한 끼 안주는 자들아
밤장사라도 해야
내일의 끼닛감 마련할지 모르는 판에

이 밤에
누가 내려다보면 어떻냐
무슨 상관이람
끼닛감 없어 찾아다니는 밤
그 주제에 양반행세가
무슨 상관이람

시퍼런 하늘이
무섭긴 무서운가 보지

실컷 내려다 보라
대한민국이여
세계여

듣고 있느냐
자유의 가난에 죽어가는 소리를
굶음의 가난에 흐느끼는 소리를
샅샅이 지켜봐 달라
조선이란 이 무덤 속을

우리를 옥죄인 숨막히는 쇠사슬
우리의 힘으로 풀기엔 너무 어렵다
우리는 갈수록 더 칭칭 감긴다 낮에 밤을 이어
우리의 머리끝에서
우리의 발끝까지

아 숨막혀라
숨길을 열어 달라
동족이여
세계여

이 가난을 사달라
팔리지 않는 가난을
전세계가 달라붙어서
부셔서라도 사달라

**❺**

사회주의를 버린다

# 나무꾼 아이들

▶▶▶ 나무 장사꾼은 주로 소년들이다. 그들의 옷 주제는 다 찢겨져 너덜너덜거리고 온 몸은 긁히운 자리로 성한 데가 없다. 산을 헤매는 두 발은 신발이 견디지 못해 해진 신발에다가 새끼를 동이고 다닌다. 공부는 생각도 못해 본다. 그들의 고로(苦勞)를 말로도 글로도 상상키 어렵다. ◀◀◀

태어나서 단 한 번도
연필을 쥐어보지 못한 소년들아
통나무 한 토막의 짐에
얼마나 오래 눌리웠으면
너희들의 키는
아직도 나무 한 토막의 길이냐

보는 사람의 가슴이
천근만근을 단 것 같다
무섭게 매달려 있는
아름찬 한 통의 짐이
너희들의 머리에서
너희들의 발 끝까지

너덜너덜 찢어진 운동화짬으로
돌부리에 채인 발가락 상처
그 상처에서 흐르는 피는

네들 가슴에서 토해 내는
찐득찐득한 울분일 게다

도대체 이것으로
몇 끼나 되나
나는 물어보았소

눈물겹구나
그것으로 풀죽밖에 안된다니
나무 한 단에 70원
쌀 1킬로의 값은 3천 원
그것조차 잘 안팔리니
되걸이꾼에게 넘기고 나니
그것의 값은 얼마가 될 거냐

옥수수 가루 3백 그램, 엄마가 캐온 산나물
그것을 세 몫으로 나눠
온 가족이 하루를 산다
그래도 소년이 걱정하는 건
아무리 힘들어도
메고 올 나무가 많았으면
산에 나무가 말라가고 있어요

# 불행한 여인들

새벽노동 나간다
5시면 어김없이 문 두드리는 소리
삽을 들고 나선다 꼭두새벽에
밤잠을 설치며 아침밥 지어놓고
남편과 아이들이 일어나기도 전에

7시에 집에 들어선다
다시 고함소리 들린다
마을마다 매달린 둔중한 종소리
여인들의 정신을 휘젓는다
또다시 곡괭이, 소랭이(흙 담을 대야) 들고
나선다 공장건설, 농촌지원
철도관리, 길닦이
끝이 없이 줄지어선 부역(負役)들이 여인들을 기다린다
이 나라 가장 싸구려 노예들을

하루 종일 밧줄 같은 조직에 묶이었다가
겨우 저녁이면 해방을 맞는다
이번에는 가족의 목숨이 여인들을 묶어놓는다
장삿짐 이고 장마당에 나선다
밤 깊어지면 푼돈으로 끼니를 사들고
그제야 집으로 들어선다

천근만근이 된 몸을 질질 끌며

이렇게 산다 여인들은
밧줄 같은 조직에 묶이어
가족의 목숨에 묶이어
차라리 죽는 것보다 못한
노예의 삶을 산다

# 식당가에서

북한에서 흔해도 너무 흔한 이야기이다. 우리 집에 시내 종심(중심)에서 사는 친구가 찾아왔다.

"너희 집 앞엔 왜 꽃제비가 이렇게 적으냐?"

어처구니없는 물음이었다.

"아니 저게 다 꽃제비인데 저게 적다니?"

내 집앞의 식당가에서 아침부터 줄을 서서 철철 드러누운 꽃제비들을 가리키며 말했다.

"그게 적은 거지. 우리 아파트 앞에는 꽃제비들이 득실거린다. 꽃제비 천지야….."

어느 날 친구의 집에 갔다가 나도 엄청 놀랐다. 시내 종심에서 떠도는 수도 없이 많은 꽃제비들을 보며 한숨이 몇 곱으로 불어났는지 모른다. 그들은 역전(驛前)가에서 장마당가에서 식당가에서 음식을 먹는 사람들을 부러운 눈으로 바라보며 그들이 조금이라도 남겨주기를 원하며 서 있다. 농마(녹말)국수가 가장 성행하는 음식이어서 그들에게 차례지는 건 국수를 건져먹고 난 맹물뿐이다. 그것조차도 그들은 맛있게 들이킨다. 지금의 현실이다. ◀◀◀

식당 문이 열리기 전에
손님보다 먼저 문가에서
주렁주렁 기다리는 사람들아
서 있을 힘이 없어 앉지도 못하고
치렁치렁 드러누운 꽃제비들아

식당에 온 손님이 건져먹고 간 멀건 국수물
건더기가 아무것도 없는 냉국 같은 물을
식량으로 하루를 살려고

기다리는 꽃제비들아

그들 속에는 세 살짜리 아기도 있다
소녀도 있다, 노인도 있다
그들의 숫자는 줄어들 줄 모른다

그들의 모습은 한결같다
가난이 쩌들고 쩌들어서
아삭한 뼈 우에 살거죽이 쭈그러 붙어
수천 년을 말라버린 미이라 같다

그들의 몸에서 나는 썩은 냄새들은
한여름의 더위에 미치게 한다
서캐(이의 알)가 들러붙은 백머리들
몸 안에서 원숭이들처럼 이를 주워낸다

식당에 들어온 사람들은 몇 안된다
그들은 돈 있는 간부들이나
그들의 가족들뿐이다
그리고 돈 있는 몇 사람들뿐이다.
기다리는 것의 숫자에 가슴이 타게 한다

이 나라에 흥성이는 식당이 어디 있냐
돈 없는 백성은 초라한 밥상의 주인들
퍼런 풀묵같은 죽그릇의 주인들이
식당에 갈 돈이 있겠느냐

손님들이 남기고 간 멀건 물엔
풀어진 국수 오래기(가닥) 몇, 오리 고기처럼 뛰논다
순서가 무너져버린 꽃제비들아
밀치고 닥치지 말아라
너희들의 식량이 땅바닥에 쏟아져 흐를라

그 물조차 순서가 차례지면 먹고
없으면 못먹는다
가슴이 아프다 기다리다 끝내
먹다버린 멀건 물조차 차례지지 못한 꽃제비들
메마른 눈가에서 눈물이 흘러내린다
세상에서 가장 고통의 눈물이
오늘의 끼니는 그들이 삼킨 눈물이다

수난의 식당가
그곳에서 죽음을 맞이한 꽃제비들
이십년이 흘렀는데도
흩어지지 못하고 있는 꽃제비들아

아직도 가난은 천리에 있는 듯하다
옛말로 부를 그날이 보이지 않는다
얼마나 더 굶어죽어야
이 세상살이 종말을 고할 것이냐

# 시든 꽃같은 아이들아

▶▶▶ 아이들에게도 어른들과 똑같은 과제가 차례진다. 달마다 파고철, 파지, 구리, 그리고 해마다 내는 토끼가죽, 살구씨, 피마자씨, 도토리 과제들, 인민군대 지원, 건설 지원, 분토, 풀거름 등등. 이 과제를 수행 못하면 천대와 욕설의 연속이다. 그러니 아이들은 가방을 메고 학교에 갔다가도 학교 문 앞에서 가슴 졸이며 서성인다. 공부는 하고 싶은데 들어갈 것인가 말 것인가? ◀◀◀


책가방은 메었는데
수업종은 이미 울린 지 오랜데
학교 정문 앞에서
뻗대듯이 서있는 아이들아

수업은 이미 시작했을 텐데
가방보다 더 무거운
마음 속의 짐 때문에
교실의 문고리 차마 못 잡은 거냐

어른들 못지 않게
매일매일 해야 되는 과제들
파고철, 파지, 분토, 풀거름
토끼가죽, 살구씨, 피마자씨, 도토리 등등
숨이 차서 다 못부를 과제들

공부보다 먼저

선생님 받아내는 고통의 과제들
그 과제들 때문에 시름에 쌓여
선뜻 발걸음 못 떼는 것이냐

시름겹다 세상은
아이들에게까지도 이토록 큰 짐을
그래서 너희들의 얼굴은
시든 꽃같이 죽어있는 거냐

# 국경의 인신매매 사형수들에게

하늘을 우러러 물어보라
그대들의 죄
죄라고 말할 수 있느냐
사람을 살린 죄

땅을 내려다 보라
묻지 말고 눈으로 확인하라
삼삼히 비쳐드는
인간 불모지를

굶음을
죽음으로 당하는 것만
알고 있는 사람들
한 걸음도 더 나아갈 땅이 없어
두 팔 벌려 잡아주는 동족의 손길조차도
눈길 한 번 줘보지 못하고
그냥 죽어간 사람들

죽음의 문턱에서
삶의 문턱으로
손길을 건네준 사람들아
지쳐가는 목숨들에

숨결을 불어넣어준 사형수들아

그들의 죽음으로 살아남은 우리들
우리만 사는 것이 아니다
자유의 나라에서 우리가 번 돈은
고향의 식구들과 친척들, 친구들을 살리고 있다
그러니 어찌 죄도 될 수 있으랴

공화국아
그네들을 죽이기 전에
너희들의 죄를 먼저 문초하라
삼백만의 목숨을 굶겨죽인 죄
지금도 죽어가는 사람들을
덤덤히 지켜보는 배포유한자들

사형수들아
그네들은 숱한 목숨을 살린 죄 아닌 죄
죽어가는 사람들의 희망의 불꽃이었다
공화국을 징벌하는 징벌군들이었다

# 나이 타령

너무 오래 살았는가
나이를 세어보니 칠순이네
오래 살긴 살았지
삼대(三代)를 내려오며 살았으니
그 삼대의 발밑에 깔린 채

오래 살긴 살았지
옆집 동갑이 뒷집 동갑이
죽은 지 벌써 20년
쉰 살도 못 살고 굶어죽은 이들
아니, 열 살도 못 살고 굶어죽은 무덤들
산천을 둘러보니
내 나이 일흔이면 참 오래 살았지

그 사이 볼 꼴 못볼 꼴
다 보았으니
이제 더 보기 무참하다
그 꼴 봐주기란 세상이 무색하다
얼른 산으로 가야지
더 험한 꼴 당하기 전에
산천을 지키러 산으로 가자

# 연로 보장금

▶▶▶ 회사에서 30년 이상 근무했을 때 60세 넘긴 사람에게 차례지는 연금. 사회보장제도의 일환 ◀◀◀

겨우 500원 손에 받아 쥐었다
연로 보장금
그것조차 몇 달이 밀린 채
아무것도 없는 빈주머니에
500원짜리가 들었다

500원짜리가 뭘 할 수 있을까
무엇을 사야 이 돈으로
우리 두 노인네
한 끼라도 배부를 수 있을까

생각해 보기도 전
걸음은 스스로 옥수수가루 장사꾼 앞으로
생각이 어데 가랴
어제나 오늘이나 바뀔 수 없는
그 옥수수가루 한 홉
연로금아 한 달은 고사하고
겨우 한 끼

# 60년의 자취

한 쪽에서 진실을 말할 때
한 쪽에선 거짓을 말한다
마치도 그것이 진실인 것처럼
도적이 매를 든다

한 쪽에서 평화를 논할 때
한 쪽에서 싸움을 걸어 온다
정의가 무엇인지 모르는
무지한 장군이 칼을 빼든다

한 쪽에선 먹거리가 차고 넘치는데
한 쪽에선 먹지 못해 죽어간다
죽음이 덧죽어 시체를 쌓는다
그래도 그곳에선 태연하다

다름 아닌 우리의 강토다
그렇게 60년을 살아온
우리의 흔적이다
비극이 말하는 것들이다
지금도…

# 마지막 희망을 좇아

우리는 기다렸다
2012년을
국가가 꽂아 넣은
강성대국 깃발을 좇아
마지막 희망을 얹었다

믿음이 없는 믿음이지만
요란한 선전으로 매일같이
우리의 마음을
우리의 혼을
그 자들이 앗아간 2012년을

우리들은 반신반의했다
행여나…
혹시…
우리는 큰 것을 바라지 않았지만
우리의 정신은 허위로 살이 쪘다

우리가 참으로 바란 것은
그들이 말하는
강성대국이 아니었다
이밥에 고깃국이 아니었다

우리의 눈은
가장 가까이에서
단 한 가지만을 원했다

쌀알을 알로 세어먹는 가난을
줌으로 세어먹는 가난으로 피해주기를
그것만으로도 족하다
우리의 배는 만족하지 않아도
그것이 우리가 바란
강성대국이었다

왔다 그날이 드디어
날로 세이며
시간으로 세이며
우리에게 도착한 그것은
온 한 해를 다해 차례진
일주일분의 옥수수 그것뿐

그 옥수수조차도
킬로수를 불리기 위해
물을 쳐서 싹이 돋아난 통알들
가소롭기 이를 데 없구나

말값이라도 해야 할 게 아니냐
죽음으로 버텨 온 인민 앞에
20여 년을 외쳐온 강성대국

너무 요란하게 짖어대서
달이 말을 먹어버린 것이냐

이제 더는 믿지 않는다
믿음에 발등이 찍혀 수십 년
우리에게 희망이란 대체 뭐냐
우리에게 믿음이란 대체 뭐냐

우리에게 존재하는 건
아무것도 없다
차라리 말하지 말고 침묵하라
침묵이 오히려
그보다 값이 있을지 모를 테니까

# 사회주의를 버린다

이밥에 고깃국
그것이 고작 사회주의다
세상을 둘러보면 아무것도 아닌
그것을 열렬히 부르짖는다
가장 이상적인 사회주의라고

60여 년을 부르짖는
이밥에 고깃국
시래깃국에 옥수수밥이라도 푼푼하다면
인민이 환호할 사회주의건만
고작 그것조차 없어서
죽음을 빗자루로 쓸 듯
무리로 죽어가는 조선 사회주의

그토록 경멸하는 자본주의
그 자본주의는 살 때를 만나
이 세상에 가진 것 다 가졌건만
미치도록 부르짖고 찬양하는 사회주의
그 사회주의는 왜
시간이 흘러도 변하지 않는
겨우 죽그릇뿐이냐

호강하는 사람이 몇 사람이냐
죽지 못해 살아가는 목숨들을 놓고
사회주의 종만 치고 있는
불쌍한 사람들아
세상은 이미 배가 불러
이밥에 고깃국이 싫증난 지 오래다
먹거리로 이름난 모든 것들이
넘쳐나고 넘쳐나고 또 넘쳐나
그 산해진미의 가짓수조차 헤아리기 힘들다

쓰는 것, 입는 것은 눈 감고라도
배고픔은 참을 수 없는 인간의 한(恨)이다
그것을 꺼이꺼이 참고 견디며
그 어디에도 없는
이밥과 고깃국의 돌파구를 향해
오히려 후진하는 사회주의
60년을 그렇게 버티어왔건만

이제는 떠나간다 사회주의를 버린다
더는 눈뜨고 지켜보기 힘든 사회주의
더는 지키기 가련한 사회주의
이미 마음 속에 비어버린 지 오랜 사회주의
독재가 두려워 말로만 외쳐대던 사회주의

우리는 사회주의를 버린다 무자비하게
60년을 단 한순간에 칼날같이 비어버린다

모두 떠나간다
떠날 차비 서두른다
떠나는 것에 진리가 있다
우리 버린 60년을 보상할
인간의 진리가 바로 거기에 있다

**❻**

고
향
아

# 아버지

그립습니다 아버지
햇살 바른 언덕에
금잔디 입혀주고
살포시 절 올리고 이별한 이 딸이
아뢰인 말은 한 마디
"통일이 되면 꼭 다시 찾아 뵙겠습니다"

그립습니다 아버지
벌써 몇 해가 흘렀습니다
피나는 입술을 깨물고 깨물며
또 아뢰입니다
"기다려 주십시오 아버지
통일은 꼭 올 것입니다."

이렇게 해가 오고 해가 질 때
무거운 가슴에서
한숨이 흐릅니다
이 딸을 기다리실 아버지
그 모습이 작은 초생달이 되어
내 마음 몰래 베어갑니다
'딸아 언제 올 거냐'고

아버지는 내 고향의
가장 무거운 기둥입니다
조금 조금씩 통일을 밝혀가는
내 글줄의 작은 화촉이 되어
언제나 나를 부추깁니다
온 겨레가 소원하는 통일맞이
그 순간을 위해
내 심장이 항상 뛰어있으라고

# 친구야

친구야
내가 어려울 때
네가 날 찾아왔지

네가 아플 때
나 또한
너를 찾았지

친구야
그렇게 맺어진
우리의 우정

너한테
말 한 마디 없이
널 버리고
훌쩍 떠나온 나

마음이 아프다
네가 앓지는 않는지
네가 굶지는 않는지

네 또한 그 말

나에게 곱씹지 말라
내 머릿 속 사전에
이미 비어버린 말
아픔과 배고픔은
너에게만 통하는 말

안타깝구나
친구야
들어줄 수 없는 네 마음 속 상처들을
보낼 수 없는 내 마음이
모두 모두 합해
그리움의 절정

기다려라 친구야
만남은
꼭 올 것이다
그때 꼭 껴안아 주마

대한민국 국민의 한 사람으로
내 품에
너를
꼭

# 흰 쌀밥

밥주걱으로 흰 쌀밥 풀 때면
찰찰 풀기가 도는 밥솥에서
철철 꺼묻어 일어나는
내 고향 사람들 모습

굶어죽은 부모의 혼을 따라
길가에 널부러진 꽃제비들아
네들 고운 입술 먼저 열어
떠넣어주고 싶다 이 하얀 쌀밥을

죽으면 떠나갈 저 앞산만을
맥 놓고 멍하니 바라보는
숱한 배고픈 노인네들
그들에게 먼저
챙겨드리고 싶다 이 밥그릇을

나는 늘 먼저 푼다
흰 쌀밥에 묻어 일어나는
배고픔에 시들어가는 내 고향 사람들
그들에게 밥주걱 먼저 돌린다

# 딸의 눈물

이제 몇 날을 더 사실까
나의 부모님이여
가난한 쌀독을 후빈다
한 줌밖에 없는 쌀을
두 몫으로 나눈다
한 몫은 내 아이들을 위해
또 한 몫은 부모님들을 위해

쪼글쪼글 말라버린
두 늙은이
이제 뭘 더할 수 있을까
하루 종일 빈 방에 앉아
배고픔과 싸운다

딸자식까지
돌보아 드리지 않으면
어찌 하실까 우리 부모님들
미어지는 가슴 붙들고
또 한 줌
그렇게 피 마르는 한 줌 한 줌에
날이 새고 간다
아픔이 쌓이고 쌓이다 지친다

# 그릇을 긁는 아이

반 공기 되나마나 한
시래기죽 그릇을
숟가락도 없이 들이마신 아이
혓바닥으로 죽그릇을 핥는다
낟알이 중해 그릇에 묻은 풀물조차
그대로 설거지하기 아깝다
아이가 먼저 박박 긁어낸다
엄마 가슴 긁는다

# 도리(道理)

▶▶▶ 대한민국이나 유엔에 대한 환상을 가질까봐 쌀을 쏟고는 그 자리에서 '대한민국' '유엔–USA'라는 글자를 지워버리게 했다. 모두 자루를 거꾸로 뒤집어 사용하거나 래커칠해서 사용했다. ◀◀◀

쌀!
쌀!
숱한 생명들이 죽어가면서
애타게 찾던 쌀
목숨 같은 쌀들을

구원의 손길을 뻗쳐
동족(同族)이
유엔이
숱한 쌀들을 보내
굶어 죽어가는 우리들을
일으켜 주었건만

우리는 단 한 번도 고마움 표시한 적 없다

오히려 쌀을 쏟아내고는
자루를 거꾸로 뒤집어
대한민국이라는 글자를

유엔이라는 글자를
그 자리에서 지워버렸다
마치도 더러운 오물을 씻어내듯이

거기에는 이미 붙어있었다
구제미(救濟米)라고 부르기 전에 먼저 붙은 이름
장군님 대적(大敵) 투쟁에서 승리한 쌀
장군님 보내 주신 쌀

가엾다
덕(德)을 덕으로 값지는 못할망정
도리(道理)까지도 가난해진 인민
하지만 누구도 몰래
아무도 모르는 마음속에
가득히 고마움이 산같이 쌓여 있다

# 장하다 글 도적아

▶▶▶ 최하층의 가난한 백성의 딸들로서 가정 형편이 어렵고 힘들었지만 돌짬에서 솟아난 굳센 풀대처럼 꺾이지 않고 열심히 공부해서 끝내 대학교에 간 내 친구의 두 딸에게.

그토록 공부하고 싶은데 그 애들은 돈이 없어 과외수업 받을 수 없었다. 쌀 10킬로씩 내야 하는 과외수업 겨우 3킬로 내고 선생님의 눈총을 받으며 맨 뒷자리에 앉아서 다른 아이들을 가르치는 선생님의 설명을 열심히 훔쳐 들었다는 아이들. 대학시험 치르는 날 옷이 없어 빌려 입고 간 그 아이들. 그 애의 부모들도 열심히 사는 사람들이다. 그러나 아무리 열심히 살아도 불행한 사회. 그 애들이 대한민국에서 살았다면 아마 서울대학교를 꼭 졸업하고 성공했을 것이다. ◀◀◀

배고프고 춥고 헐벗은 속에서도
아이들의 꿈은 배고프고 춥지 않아
그 애들은 늘 과외수업 받는 게 소원이었다

하지만 어이하랴
달마다 쌀 10킬로인데
어떻게 그걸 마련한담
그래도 부모는 허리띠를 조이며
겨우 쌀 3킬로 갖다 바쳤다

간부집 애들, 돈 많은 집 애들은 앞자리
그 애들의 자리는
선생님과 멀리 떨어진 뒷자리

돈이 없으니 응당한 것으로
그래도 행복했다

뒤에 앉은 아이들은 다 같은 처지

선생님은 그 애들의 물음에 눈살을 쏟아낸다
그때부터 그 애들은
글 도적이 되었다
그 애들의 초고속 집중력은
선생님이 배워주는 아이들의
공부 속으로 뚫고 들어갔다

그 애들은
먼 곳에서도
선생님의 입놀림에만 집중했다
더 열심히 자기의 것으로 받아들이며
그 자리를 지켰다

그 눈물 같은 사연 때문에
아빠, 엄마는 울었다
지금도 충분히 가난 속에서 헤매는데
그보다 더한 가난을 살며
선생님께 갖다 바칠 쌀이 없으니

그 어려운 속에서도
끝내 아이들은 대학교에 갔다

실력으로 당당히 맞서
끝내 성공한 아이들아
장하다 글 도적아

# 기막힌 아픔들

상처는 깊고 깊어
잘 아물지 않는다
지금이 행복할지라도
행복에 도취되지 못한다
살아온 어제 날이 가시가 되어
온몸에 아픔을 호소한다

부모가 어떻게 굶어죽었는지를
동생이 어떻게 방랑하다 죽었는지를
시퍼런 두 눈을 똑바로 뜨고
지켜본 그 마지막 시간들

부모형제만이 아닌
친척들의 죽음, 친구의 죽음
동네사람들의 죽음
날마다 늘어가던 길거리의 시체들
내 가슴에 진통을 가져 온다
절대 잊을 수 없는 생죽음, 떼죽음들

좋은 음식 맛있는 음식들 앞에
눈물로 강을 먼저 건넌다
좋은 날 기쁜 날이 오면

슬픔이 먼저 마중 온다
그것들은 기막힌 아픔들이다
세월이 흘러도 역사가 안고 갈
이 세상의 가장 기막힌 아픔들이다

# 긴 겨울밤

해가 짧은 겨울밤
밤은 왜 이다지도 긴가
배고픈 자식들을 달래기 위해
아빠는 수수께끼
엄마는 옛이야기

그런데 어이하랴
그것으로도 달랠 수 없으니
배는 고프다고 쪼르륵 쪼르륵 소리 지르고
이야기들은 저 멀리 어둠이 먹어버리고

사각사각 벽을 갉아먹는
쥐며느리 소리
아빠 엄마의 가슴을 긁는다
바스락 바스락 먹거리 찾아 도는
밤 고양이 울음소리
아이들의 배고픔을 더해준다

# 당신을 용서합니다

당신은 내 마음 속의 모진 옹이였습니다
깊숙이 박혀서 떨어지지 않고
줄곧 따라다니며 날 괴롭히는
내 가슴 속의 가장 슬픈 옹이

옹이였습니다
우리의 열매를 놓고 기뻐하며
희열에 들떠 미쳐버리던 순간도
모든 걸 다 버리면서도
그것만은 버릴 수 없어
삼키고 삼키던 눈물도
그것들이 굳어진 옹이

박혔습니다
미워하면서도 미워할 수 없었던 그것
얼음같이 찬 곳에 담가도
식혀들지 않던 그것
마음과 마음이 돌기돌기 감겨진
그 시간들의 소리 없이 잦아든 추억들
그것들이 합쳐서 굳어진 옹이

시간이 지나서

옹이 스스로 떨어져 나갑니다
강을 건너는 순간
무엇인가 가슴에서 뚤렁 하고 떨어져 내렸습니다
그 와중에도 정신 차리고 보니
가슴 속에 무거웠던 옹이였습니다.

대한민국에 도착한 순간
옹이가 떨어져나간 그곳에
따뜻한 바람이 걸어 들어왔습니다
당신을 용서할 내 가슴 속의 가장 따뜻한 온기가

용서합니다 당신을
이 세상의 모든 사랑은
슬픔의 철학입니다
우리의 사랑은
비극의 철학입니다
이 세상에 하나뿐인

# 고향아

떠나왔다
내 집 문을 꼬옥 닫아주고
옆동네에 조용히 놀러가듯
떠나왔다
친구도 몰래 이웃도 몰래

떠나오는 그 밤
슬픔도 몰랐지
고생만 하고
살아온 나의 땅
먹먹한 가슴에 증오만 끓어올라
원수처럼 버리고 떠나왔건만

그때는 다 몰랐지
뒤에서 쫓고 있을 보위부
몇 시간 내가 앞섰을까
그들이 몇 시간 뒤지고 있을까
그것만 생각하고 있을 뿐

강을 건널 때는 더더욱 몰랐지
마음 속에서 고향이 잃어가고 있었지
목숨 걸고 가는 길이기에

목숨만이 앞에 놓여 있었지

몇 개 나라를 돌고 돌 때
정착지가 아직은 아니었기에
마음 속에 무서움만 가득차 있었지
점점 내 마음 속에서
멀어져 가던 나의 고향아

처음 보는
또다른 나의 땅
그 땅이 손잡아
날 품어준 날
고마운 대한민국 그 땅에
고맙다는 마음이 앞서야 할 텐데

먼저 떠오른 것은
떠나온 고향 산천
그리고 고향 사람들

무척 마음이 아프고 슬펐지
밝고 밝은 전기의 나라
쌀이 흔해서 흔한 것조차 모르는 나라
먹을 것이 너무 흔해서
무엇부터 입으로 가져갈지
생각이 떠오르지 않는 밤

그래서 슬피 울었지
왜 혼자서 먹느냐고
고향을 부르며 통곡했지

지금도 들려온다 쉴새없이
배고픔의 아우성 소리
장마당에 모여 선 꽃제비들
장사꾼이 팔고 간 빈 땅에서
통강냉이 알알이 줍던 고사리 손들
누가 흘린 빵 부스러기를 쫓아
흙을 씹던 아기들

가슴이 미어진다
킬로로 쌀을 사본 적 없는 여인들
홉으로 강냉이 가루 사가던 모습들
떡장사꾼 앞에 버티고 앉아
그 떡 한 개만 사달라
엄마 가슴 쥐어뜯던 아기를
때리며 끌고 가던 가슴 속의 못들

배고픔을 눈물로도
말로도 표현 못 하고
그냥 꼿꼿이 말라죽은 할아버지 할머니들
그 뒤를 이어
연일 죽음을 서두는 노인네들이여

행복한데
이렇게도 행복한데
행복의 끝이 어디 있는지도
잘 모르겠는데
큰 것도 원하지 않는 사람들
한 끼의 쌀밥으로도 큰 고마움을 표시할 사람들
그 사람들 때문에
내 마음이 슬퍼져
행복이 와그르르 무너져 내린다

아 고향아
굶지 않는 행복을 꼭 껴안았는데
행복이 왜 이다지도 슬프냐
시간은 계속 흘러
행복이 마음에서 철철 흘러야 될 텐데
가슴에서 한(恨)만이 솟구쳐 흐른다
고향아, 네가 내 행복의 속속들이에 차 있어

빨리 가슴에 안아보고 싶다
통일은 소원으로만 남지 않을 거다
행복이 함께 부푸는 가슴에
이밥을 먹는
소박한 소원을 안은 고향의 모습 보고 싶다

# 붓아 무디어지지 말라

바람이 불 때
붓아, 너는 바람을 피하지 말아라
네 가슴에서 끓고 있는 분노를
가장 정직한 목소리로 그림을 그려라

주춤하지 말아라
네가 살아온 세상은
언어를 그릴 수 없는 세상이었다
거기에는 단 한 사람의 언어만 있기에
죽음 같은 침묵만이 역사를 그렸다

주춤하지 말아라 붓아
골고루 외쳐라 빠짐없이
침묵이 타서 재가 되어버린
이천삼백만의 애절한 외침을
한 마디도 놓치지 말아라
한 사람 한 사람의 아픔을
목숨같이 다독여주라

붓아 무디어지지 말라
더 날카로와지라
더 용기 있게 파헤치라

진실의 무덤을
그 목소리
통일에 보태지게

**❼**

**천국이다**

# 현충원

▶▶▶ 대한민국에 와서 처음으로 현충원에 인사드리던 날, 나는 놀랐다. 금수산 기념궁전과 대비되는 그 소박함에. ◀◀◀

저 수수한 집이
이 나라를
대들보처럼 받들고 있다고
누가 믿으랴

화려하지도 않다
웅장하지도 않다
요란한 과찬도 없다
현충원

마치도 이 세상에서
가장 평범한 사람들이 잠든 듯
소박함만이 진정(鎭靜)되어 있다
그래서 더 장엄하다

# 나의 첫 인사

▸▸▸ 인천 아시안게임을 보면서 나는 대단히 충격을 받았다. 대한민국이 거둬들인 금, 은, 동메달이 10월3일 현재 합계 216개라니 깜짝 놀랐다. 잘못 본 게 아닌가 해서 인터넷을 다시 보기도 했다. 북한의 오보된 방송만 듣다나니(보니) 이런 경기 한 번에 금, 은, 동메달이 몇 개만 되어도 북한이 몽땅 가져온 것으로 알고 경기 종목도 이긴 몇 가지 종목만 있는 줄 알았다. 이렇게 광범한 줄 몰랐다. 이번 인천 아시안게임을 보면서 무식(無識)한 소녀에서 유식(有識)한 어른으로 깨어난 느낌이다. 그리고 마음이 든든하다. ◂◂◂

하나같이 순수하다
웃음
눈빛
언어
그 모든 것이
매 선수들의 간판처럼

탐욕이 없다
그들의 눈빛엔
권좌도 없다
그들의 미래엔
한껏 비어있는 마음 속의 끝까지
꽉 차 있는 건
오로지 국민에게 줄 용기뿐

메달의 갯수를 세지 않는다
선수들은
국민만이 열정적으로 세고 있을 뿐
꽃밭을 뛰노는 나비처럼
국민은 호흥(呼興: 환호하고 흥에 겹다)에 지쳐
메달의 밭에 뒹굴며 평온을 찾는다

국민은 읽고 있다
자부심으로 들끓게 한
이 나라의 지칠 줄 모르는 영웅들을
역사의 한 페이지 한 페이지를 번지듯이
훌륭한 이름들에 수를 놓는다
아름다운 추억으로 가슴에도 심으며

이렇게 하루하루를
맞고 보낸다
대한민국이여 아시아여
모든 이들이 함께 울며 웃는다
진정한 평화를
서로가 서로에게 선물한다
나도 처음으로 그들의 한 사람임을 자부한다

# 대한민국의 첫 아침에

이른 아침에 잠을 깨어
창문을 열어보니
가지를 길게 뻗친 창가의 나무
나에게 말을 건넨다
이 땅에서 첫 밤을 잘 잤느냐고
바시시 바시시 가지를 흔들며

첫 아침길에
유난히 활짝 핀 꽃들이
정답게 내 양 옆을 오간다
나에게 웃음을 건넨다
어떤 의미 깊은 말과 같은 향기를

신선하구나 아름답구나
아픔으로 응어리진 내 마음에서
살며시 웃음이 내비친다
처음으로 내 입술은 꽃잎같이 열리고

나무여 꽃이여
대한민국이여
새로 시작한 내 삶에
축복의 인사 건네는

신(神)같이 순수한 모습 앞에
내 인생은 봄을 맞는다

# 백년을 앞선 곳으로 왔다

백년을 떨어진 곳에서
백년을 앞선 곳으로 왔다
거창함과 황홀함 앞에서
내 터침(말문이 터지는 것)이 늦어졌다

무슨 말을 골라 하랴
웅장한 거인(巨人) 같은 대한민국
연속 감탄사만
그 감탄사 밑에서는
떠나온 그곳이
점점 모래알같이 작아지고

겨우 터쳐
저 높은 하늘을 나는 매를 연상했다
그러면 내 떠나온 곳은
아직도 깨어나지 못한 작은 새알

성 차지 않아
다시 터쳤다
사람들과 거리낌 없이
평화를 즐기는 비둘기를 연상했다
그러면 내 떠나온 그곳은

새장 안의 이천삼백만의 울부짖음

백년을 떨어진 곳에서
백년을 앞선 곳으로 왔다

내 터침들이 너무 가볍다
다시 터친다
세상에 외친다
자유란 이토록
소중한 것
훌륭한 것
거창한 것

# 천국이다

▶▶▶ 대한민국에 와서 눈앞에 펼쳐진 광경은 아이들처럼 동심이 많고 호기심 많은 나로 하여금 모든 것을 그냥 보기만 하는 것이 아니라 만져보고 싶고 느끼고 싶고 또 진실인지 아닌지도 구별하고 싶은 충동을 불러일으켰다. 나무가 얼마 없는 북한에서 온 나는 우선 푸르디 푸른 멋진 나무숲들이 시내를 감싸고 있는 것이 신기한 것이 아니라 이상했다. 북한이라면 시내에 나무가 없어야 시내인 것이다. 우선 그림과도 같이 색채가 진한 나무들을 일부러 쓸어보고 반들거리는 파아란 잎사귀를 염화비닐이 아닌가 하고 손으로 찢어보기도 했다. 아닐 거라는 걸 알면서도 그냥 믿기가 어려웠다. 직접적으로 실감을 느껴야 '나'인 것이었다. 그리고 내 머리 위로 아스라하게 질러간 하늘의 오작교 같은 도로들, 지하 건넘길들을 활보하기도 했다. 이처럼 무궁무진한 전설 같은 도시를 미친 듯이 걸어보면서 한 가지 생각이 들었다. 만약 북한의 어떤 색다른 거리를 이처럼 활보했다면 당장 보위부의 족쇄가 내 손을 묶었을 수도…. ◀◀◀


길가의 가로수들을 손으로 더듬어본다
잎사귀 하나하나를 보석같이 쓸어본다
푸르고 생생한 대지를 내 온몸으로 느껴본다
진실인지 아닌지를 구별하기 쉽지 않아
내 손끝이 나무를 쓰다듬는 순간
바람을 몰아온 나무가 나를 정신차리게 한다

어디 가나 활짝 핀 꽃들이
내 눈빛에 살아오름을
온 넋으로 느껴본다

진실이라 믿기 어려운 순간
코밑에 찡하게 와닿는 향기가 나를 취하게 했다
꽃들의 대답이었다

나의 눈은 이미
말라버린 대지에서 온 뿌연 눈동자
세상을 가린 곳에서
거짓에 고문당하던 사람
지금 진실이 나를 이끌어가고 있다

저 즐비하게 늘어선 아파트
바늘같은 내 눈이 찌르는 사이로
웃음이 퐁퐁 뒹구는 아이들의 놀이터
추억을 실어오는 노인네들의 쉼터
내 마음의 가장 아픈 구석들을
포근히 감싸안아 준다

기상천외한 저 도로들은
무슨 말을 더 해야 찬양에 보태지랴
그것은 전설이다
지칠 줄 모르는 황홀함이다
가장 위대한 우리의 역사이다

내 머리 속에 늘 그려오던
환상 속의 세계는 너무 작아
이미 찢겨나간 볼품없는 한 장의 그림

살아 움직이는 웅장한 현실아
내 큰 눈을 아무리 크게 떠도
다 못 담을 대한민국이여
그냥 입에서는 천국만이 흘러간다

먼 곳을 돌아본 것도 아니다
내가 사는 아파트
가장 평범한 국민들이 사는 곳
그곳이 천국일진대
천국을 찾지 마시라 국민이여
천국에 살아 천국을 잊고 사는 사람들
우리의 대한민국이 천국이다

# 이 모든 것의 하나

바다도 토막
하늘도 토막
땅도 토막

토막진 땅을 이을 때
우리의 한 몸은 장중하리

토막진 하늘을 이을 때
우리의 희망은 매가 되어 날으리

토막진 바다를 이을 때
우리의 삶은 갈매기처럼 보람차리

원래 우리는 이 모든 것의 하나

# 이 나라를 가꾸는 한 송이 꽃이여

▶▶▶ 대한민국에 와서 처음으로 본 경기가 2014년 소치 동계올림픽이었다. 그때 본 김연아 선수의 피겨 경기는 너무 훌륭했다. 내가 처음으로 본 대한민국의 장한 딸이었다. ◀◀◀

이 나라 자리길에
또 한 줄기의 역사적인 순간을 불러온
한 송이의 멋진 꽃이여
성스러운 모습이여

너의 아름다움은 높은 산과도 같은 숭고함
우주를 닮은 신비로움
한 점의 티도 없는 순결함
그 모든 것은
이 나라를 고이고 있는
참다운 애국(愛國)

평화로운 날에 누가 애국을 한다고 큰소리 치느냐
보아라, 국민의 열광을
단순히 이긴 경기가 아닌
온 나라를 들끓게 한 그 순간
합쳐진 국민의 모습이 보였다

그 순간엔 대통령도 국민이었다
그 순간엔 국회의원도 국민이었다
그렇게 마음이 합쳐졌다
그 속엔 국민의 의지가 있었다
그 속엔 국민의 힘이 있었다

진정 애국은 말로만 하는 게 아니다
부끄럼 없는 당당한 모습으로
국민 모두가 하나같이 화답케 하는
그 헌신에 있다
김연아 선수처럼
김연아 선수처럼!

# 소녀야 너에게 영광을!

▶▶▶ 손연재 선수에게 날린 네티즌들의 악성 댓글을 봤을 때 무척 마음이 아프고 슬펐다. 그의 금메달에 축복을 보낸다. 그의 순수한 미소에 화답해 소녀라고 부른다.

◀◀◀

이 나라 금메달의 화원에
또 한 개의 금메달을
살포시 얹어준
용감한 소녀 손연재야

누가 연약함으로 너를 불렀더냐
그것은 국민이 아닌
시간의 적들일 게다
한치 앞밖에 볼 수 없었던 시간들에
어김없이 네 발길에 채여 자빠진
어리석은 걸림돌들이었을 게다

금메달을 목에 건 장한 모습
태극기가 너의 누리를 물들일 때
대한민국은 숭엄함에 휩싸였다
애국가가 은은히 너의 누리를 감쌀 때
세상은 슬기로운 향기에 취해버렸다

무슨 말을 더해주랴
너의 용기와 기백에
하늘이 충천 높아졌다
사랑한다 소녀야
너에게 영광을!

# 나는 나를 사랑한다

대한민국에 처음 온 날
내가 처음으로 배운 말
눈물로 받아들였던 말
"나는 나를 사랑한다"

목이 메어버렸다
단 한 번도 날 사랑한 적 없기에
그 말 되뇌며
내 온 몸이 흐느꼈다

부모의 품에서 태어났건만
내 몸이 내 몸이 아니었던 내 생명
조직에 얽매어서
큰 숨 한 번 못쉬던 몸
날 사랑한 적 있었던가

나는 나를 사랑한다
내가 있어 세상이 있음을
진리로 깨우쳐 준 말이여
나를 지켜줄 믿음의 굳건함이여

매일 불러본다

잠자기 전 출근하기 전
나는 나를 사랑한다
나는 나를 응원한다
내 삶을 축복한다

―탈북 手記―

내 生의 가장 치열한 시간들

## '가난한 백성보다도 간부층들이 먼저 썩는구나'

18년 전, 시간을 거슬러 올라가 보자.

지금으로부터 18년 전 지구가 서서히 가라앉기라도 하듯 악몽(惡夢)이 시작되었다. 하늘과 땅이 맞붙어 버렸다고 하면 더나을까. 모든 집집들의 시계는 망가져 버리고 지옥(地獄), 아니인간 생지옥이 시작되었다. 옥수수쌀과 시래기국에 쫓기던 사람들이 그마저도 잃고 지옥에 갇히게 되는 대참상(大慘狀)이벌어졌다. 갑자기 이 세상의 모든 먹거리들이 사라져 버린 것이다. 주검이 소리 한 번 못 질러보고 나가기 시작했다. 먹지 못해초들초들 말라버린 사람들이 울음 한 번, 원망 한 번 못 질러보고 소리 없는 죽음을 맞이했다.

1990년대에 들어서면서 내 귓가에 어렵지 않게 들려온 것은"김정일 시대에 와서 망해 버렸다"는 소곤거림이 낮게 떠도는바람처럼 솔솔 번지기 시작했다. 그 말은 한때 간부였던 층들이일손을 놓고 나앉게 되자 생활을 유지하기 힘들어 그들 속에서먼저 떠돌았다. 간부층의 몇 사람들이 그렇게 소곤거리는 것을보고 나는 그때 너무 놀라 자빠질 지경이었다. 일반 백성들이감히 생각도 못하는 무서운 소곤거림이었다. 그때 내 생각에 떠오른 것은 '가난한 백성보다도 간부층들이 먼저 썩는구나' 하는 생각이었다.

1994년 김일성이 죽은 그 해부터 식량이 조금씩 꺾이기 시작했다. 사람들은 배급소 문 앞을 지키다가 어쩌다 한 번씩 들어오는 쌀자동차를 발견하면 시위군중처럼 달라붙었다. 배급을 타는 것은 여인들의 몫이었건만 밀치고 닥치는 배급소 문턱에서 여인들이 밀려나자 이제는 집안의 가장(家長)들이 배급소 문턱을 지켜서서 힘내기 싸움을 벌였다. 배급 한 번 타자면 숨이 격격 막히는 속에서 사생결단(死生決斷)을 해야 겨우 순서가 차례질 정도였다. 그 속에서 질식사까지도 일어났다. 그러나 그것도 행복했다는 것을 알게 된 것은 완전 배급이 끊긴 1996년도부터였다. 밀치고 닥치던 배급소 문 앞에 개미 한 마리 어른거리지 않는다.

갑자기 벼락을 맞기라도 한 듯 여기저기 굶어죽은 시체들이 나뒹굴고, 온 몸에 썩는 냄새가 나는 사람들이 이 나라에 한 벌 덮이기 시작했다. 시체가 너무 많아 인차 걷어내지 못해 쉬파리 떼들이 날아타고 넘었고 누구 하나 시체를 보며 혀를 차는 사람도 없었다. 마치도 고등(高等)한 동물이 시간을 맞아 떠나는 것처럼 모두 감정이 무뎌져 있었다.

네 죽음이 내 죽음이 될 수도 있다는 생각으로 산 사람도 정신이 무뎌진 것 같았고, 동정도 없었다. 모두 무덤덤하다. 나 역시 그랬던 것이다. 길가에 누워있는 시체에 눈길을 줄 마음의 여유가 없었다. 언제 내 가족이 또한 그들처럼 참변을 당할지 시간을 가늠하기 바빴던 것이다.

죽음은 누구도 예외가 아니었다.

## 끝까지 살아남기 위해 의지(意志)를 가다듬다

정신을 차리고 대응하지 않으면 자칫했다가는 우리 가족도 예외가 될 수 없다고 생각하니 소름이 끼쳤다. 험난한 세상을 차곡차곡 둘러보기 시작했다. 그 속에서도 죽지 않기 위해 악착스럽게 버텨나가는 사람들에게 눈길을 주고 방법을 연구하기 시작했다. 집안의 맏이였던 나는 내 어깨 위에 내 가정의 무게, 나의 부모님들, 우리 형제들의 중하(重荷)가 다 걸려있다고 생각하고 결심을 굳혔다. 내가 굶으면 내 가정이 굶고 나의 가족 전부가 쓰러진다고 생각하니 의지를 가다듬고 용기를 내야겠다고 생각했다. 어떠한 순간에도 비관하지 말자고 속으로 다짐했다. 끝까지 살아남아야 하겠다는 것이 목적이었다.

우선 12년 동안을 고착(固着)되어 일하던 직장을 버렸다. 아무리 일해도 출석부에 도장이나 찍을 뿐 1kg의 쌀도 생기지 않는다. 같이 일하던 사람들 속에서도 가족이 한둘씩 죽어나가는 사람들이 여러 명 나왔다.

## 6 · 25 전쟁 열사(烈士) 가족도 굶어죽어

지금도 생생히 잊혀지지 않는 건 평시에 열사(烈士) 가족으로 대우를 받던 한 여인이 있었는데 (아버지가 6 · 25 전쟁 전사자 가족이었다) 당장 굶게 되자 조금씩 가산(家産)을 팔기 시작해서 결국은 집까지 팔고 한지(寒地)에 나 앉아 가족 전체가 굶어죽는 걸 지켜보았다. 우리 작업반의 비서 아바이도 전쟁 참가자인데 굶어 죽었다. 당시는 열사 가족들에게조차 줄 쌀이 없었다. 그러니 이제는 직장을 버리는 것이 옳은 선택이었다. 벌어서 돈을 손에 쥐고 쌀을 사야만 살 수 있다는 비장한 각오를 가지고 몸부림치기 시작했다.

직업적으로 월급도 높았고 뭐든 잘 끌어들이던 남편의 직업도 이 순간엔 불가능으로 바뀌었다. 어쩌다가 벼 열흘분을 준 것으로 마감짓고 종종 무소식이었다. 당시 상황에서 국고(國庫)가 텅텅 비었으므로 도급(道級)기관도 쌀 1kg 차례지지 못했다.

고난의 행군 시기엔 이런 말이 있었다. 갑자기 국고가 거덜나자 이 시기에 인간의 의지(意志)를 알았다는 말이 있다. 이 말은 간부들을 놓고 백성들이 분석해낸 말이었다. 왜냐하면 당시 국고를 제 것처럼 쥐고 뒤집어 쓰던 간부들과 그 자녀들이 어쩌지 못하고 제일 먼저 죽어나갔던 것이다.

원래 못 살던 사람들은 항상 의지를 가다듬고 살았기 때문에 그들이 오히려 용기를 내어 장마당을 개척했고 잘 견디어 나갔다. 토대가 나빠 이리저리 밀리고 사람값에도 못 들던 그들이었다. 오늘날 그들의 재산이 불어나 그들이 개인적으로 장마당을 거느리고 사람들을 먹여살리고 있다. 국가가 못 들여오는 쌀, 공업품들을 그들의 돈으로 날라와 백성이 죽지 않고 근근히 견디고 있는 것이다.

## 죽지 않기 위해 안간힘

쌀 한 알 못 물어들이는 가련한 나라는 오히려 큰 소리를 치며 배고픈 사람에게 쌀이 아니라 미친 듯이 사상(思想)을 퍼먹이는 길로 나갔다. 그 속에서도 사상투쟁은 계속되었으며 사람들을 장악 통제하는 일을 소홀히 하지 않았다. 그때 나는 당(黨)의 유일사상체계 확립의 10대 원칙 원문 통달경연에 참가하라는 조직적인 지시에 대항했다가 비판무대에 서게 되었다. 이렇게 그 어려운 속에서도 통달학습, 문답식 경연들이 계속되었다.

그 때 나는 한쪽 어깨에는 장사배낭을 한쪽 어깨에는 사상의 짐을 메고 무척 힘들었다. 나뿐만 아니라 북한 사람들 모두가 그놈의 문답식 때문에 애를 먹었다. 잘못하면 무대에 나와서 망신당해야 하고 생활총화에서도 비판무대에 서야 하니 난감하기 그지없는 일이었다. 이렇게 사상사업은 죽어가는 사람들에게도 끼니를 먹이듯이 멈춤을 몰랐다.

그 시기 나에게도 시래기죽도 언제 끊길지 모를 위태위태한 순간이 흘렀다. 그때 나는 죽지 않기 위해 안간힘을 쓰며 열심히 버티고 사는 친구들의 집부터 먼저 찾고 그들의 방법을 열심히 지켜보고 내 생활에 도입하기 위해 애를 썼다.

당시 우리 가정 우리 가족들도 너무 힘들어 했다. 부모가 돼 가지고 아이가 배고파하는 것을 지켜보기란 마음이 아파서 견딜 수 없었다. 그 당시 처음으로 술을 뽑고 난 모주(母酒)를 사서 옥수수가루를 섞어서 죽을 쑤어 먹었다. 난생 처음이지만 배고픈 아들과 나는 맛있게 먹었던 생각이 난다. 남편은 어떤 일이 있어도 출근해야 하기 때문에 따로 챙겨주었다. 어느 날엔가 학습, 생활총화를 참가하고 늦게 돌아오니 아이가 너무 배고파서 스스로 김치를 퍼다가 정신 없이 먹고 있었다. 가슴이 아파서 미칠 지경이었다. 하지만 김치가 있는 것도 다행이었다. 김치조차 없는 집이 부지기수이니까.

## 밑천 마련 위해 옷을 내다 팔다

우리 엄마네 집도 사정이 다르지 않았다. 집안의 것을 TV로부터 팔기 시작한 것이 집안의 가산(家産)을 거의 내다 팔아먹으며 근근히 목숨을 이어나갔다. 이렇게 죽지 않으면 살 정도로 쌀알을 알로 세이며 내 생(生)의 가장 치열한 시간이 흘렀다. 바싹 정신을 차리고 살아갈 준비를 해나가지 않으면 어느 순간 죽음이 덮칠지 몰랐다. 갑자기 일어난 고난이고 너무 생소한 길이어서 정신적으로나 육체적으로나 부담이 컸다.

밑천을 마련하는 것이 중요했다. 옷들이 좀 많았던 나는 그옷들 중에서 입을 옷만 챙기고 돈이 될 수 있는 것들을 골라 죄다 팔았다. 그리고 본격적으로 장사를 하기 시작했다. 내가 사는 집 근방은 머리만 잘 굴리면 살 수 있는 위치가 상당히 좋은 곳이었다. 그것을 이용하기로 했다. 밑천이 중하기 때문에 과학적인 타산을 철저히 따져야만 했다. 이 상황에서 실수는 금물이었다.

실수해서 밑천까지 썹히는 날에는 죽음밖에 차례지는 것이 없다는 것을 각오하고 나섰다. 다행히도 실수는 없었고 의도에 맞아들어갔다. 이렇게 굶음을 놓고는 홍정이 되지 않는 상당히 긴 시간들이 흘렀다. 열흘만 굶어도 죽어나갈 건 뻔하지 않는가. 그 시간들을 아이와 나는 모주로 끼니를 때우며 용케도 버텨나갔다.

결국 모주죽에서 옥수수죽으로, 옥수수죽에서 옥수수밥으로 간신히 일어섰다. 이제는 밑천이 꺾일 염려가 없었고 내가 번 돈으로 내 가정도 살리고 부모님들도 만족하게 해주진 못해도 조금씩 도와줄 수 있어서 행복했다. 우리 가정은 겨우 안식(安息)을 찾고 숨을 내쉬게 되었다.

그러나 부모 집은 여전히 겨우 한 끼 한 끼를 외우며 숨가쁘게 살아갔다. 그러던 어느 날 부모님 집에 설상가상으로 더 큰 시련이 닥쳐들었다. 부모님이 잠시 집을 비운 뒤 집에 도적이 들어와 집을 반반히 흩어갔다. 굶으면서도 동생들 시집 보낼 예물들을 꽁꽁 건사해 두었던 것과 심지어 가마(가마솥)까지 다 털어갔다. 도적도 알씸차게 걷어갔다.

가마 한 개 싸들고 엄마 집으로 향했다. 나도 힘들다. 돈을 번다고 해서 풍족한 것이 아니었다. 근근히 굶지 않고 살 만큼이지 푹푹 퍼줄 정도는 아니었다. 밑천을 때려먹지 않는 조건에서 유지하면서 조금이라도 여유가 있으면 주지 않으면 편하지 못하다. 그래봤자 다행인 것이 목숨건사뿐이었다.

## 동생의 탈북(脫北) 소식

그러던 중에 동생이 탈북했다. 온 집안에 겹시름이 쌓였다. 숨길래야 숨길 수 없는 일이 되어 남편도 알게 되었다. 내가 말하기 전 남편이 어디서 먼저 듣고 걱정하며 물었다. "나는 돈벌이 갔으니까 올 때 되면 오겠죠" 하고 시들해서 대답했다.

누가 뭐라 해도 내 동생이니까. 하지만 마음이 편치 않았다. 직급이 있는 남편이 자칫하면 처가쪽 때문에 직급에서 물러나앉는다는 것은 말도 안되는 일이었다. 또한 탈북자 동생을 둔 아내와 산다는 것이 상당한 수치였고 또 탄탄대로를 걸어가는 남편에게 아슬아슬한 순간이었다.

그래도 나는 죽지 않고 살기 위해 멀리 떠나간 동생이 오히려 한시름이 놓였다. 나 하나의 희생이 가슴이 아프지만 동생을 생각하는 마음이 더 컸고 제발 돌아오지 말기를 간절히 바랐다. 그가 돌아온다면 무사할 수 없다. 제발 돌아오지 말라고 마음 속으로 빌었다. 이제는 한 길이 남았다. 내가 남편에게 내 자리를 비워주는 길이다. 불 보듯 뻔하다.

그렇게 시간이 흐르는 가운데 죽어나가는 사람들의 대열은 점점 늘어만 갔다. 배고픔이 극도에 달하니 환각증(幻覺症)이 온 사람들이 사람을 잡아먹는 일까지 눈앞에서 벌어지고 있었다. 여기저기서 사람을 잡아먹었다는 소리가 들리는 가운데 내 집 앞에서 사건이 벌어지고 있었다.

## 다섯 명의 꽃제비를 잡아먹은 모자(母子)

우리 집에서 50미터 정도 나가면 한 동에 두 세대짜리 집들이 울타리를 치고 옹기종기 들어앉아 있다. 그 첫집의 장가 못 간 늙은 총각과 엄마가 살고 있었는데 어느 날 그 모자(母子)가 잡혀갔다. 그들 모자는 꽃제비 아이들을 불러들여 다섯 명이나 잡아먹었던 것이다. 옆집의 말에 의하면 그들 모자는 먹지 못해 거의 며칠을 일어나지 못했다고 한다. 그런데 이제 며칠을 더 견디지 못할 것이라고 생각했던 그들이 얼굴에 혈색이 돌고 아주 힘있게 나다니더라는 것이었다. 참 수상하다고 여겼던 어느 날 아이들도 없는 집에서 괴상한 아이들의 울음소리를 감촉했고 이상한 고기 냄새가 풍겨와 수상하다고 신고했던 것이다.

그들을 잡아간 다음 집을 수색을 하니 잡아먹은 아이들의 뼈가 아궁이 안에 그대로 있었다고 한다. 우리 집에서 30분 정도 가는 거리에서는 사람고기를 시장에다 내다 팔아서 소문이 굉장했다. 모두 끔찍스러워서 치를 떨었다. 굶어죽는 것만도 기가 막힌데 잡혀먹히기까지 하다니.

그뿐이 아니다. 죽지 않으려고 발악하는 사람들의 무리들이 여기저기서 사람을 죽이고서라도 도적질을 감행했다. 어느 하루는 시내의 하수망에서 부부가 시체로 발견되었고 돈 때문에 옆집 친구까지 살해하는 일들까지 빈번히 일어났다. 밤에는 강도들이 도로를 지켜서서 사람들의 몸수색, 때려죽이고 자전거 등 물품을 빼앗기도 했다. 밤을 깨기 바쁘게 사건 사고들이 늘어만 갔다.

내 집 곁에는 길가에서 굶어죽은 사람들을 보관하는 시체 보관소가 있었다. 여기저기 나뒹구는 시체들, 그리고 죽기를 기다리며 누워있는 수많은 사람들. 당시 보안서가 주체가 되어 시체 신소(申訴)들이 들어가게 되고 이미 전에 나와있는 시체조가 시체들을 처리하게 되었다. 여기저기 널려져 있는 시체들을 차도 없이 담가(擔架: 들것)에 실어 나르는 담가대들이 시내 곳곳에 나타났다. 시체조는 그 시체들을 시체보관소에 매일같이 날라들였다가 무더기로 한 곳에다가 매몰시키곤 했다.

## 죽음이 너무 흔했던 시기

수많은 시체들을 묻을 각각의 묘(墓)를 만든다는 것은 당시의 상황에서 말도 안되는 일이었다. 우리 집은 야산도 아닌 길고 넓게 드러누운 둔덕 밑에 촘촘히 들어앉은 집들 속에 있었다. 집 마당에서 둔덕으로 환히 올려다보이는 곳에서 시체를 날라오르는 사람들이 보였다. 그 둔덕은 원래 아이들의 놀이터이기도 했고 채소도 심고 좀더 올라가면 옥수수밭도 있고 그쪽으로 쭉 뻗어 올라가면 야산들이 있었다.

시체들을 원래 산으로 올려보낼 참이었을 것 같은데 그 많은 시체들을 산으로 올려보낸다는 것이 당시 상황에서 내가 보기에도 불가능해 보였다. 말이 시체조이지 그 사람들도 죽은 사람들의 뒤를 따라 언제 따라죽을지 모를 정도로 휘청이는 노동자들로 조직된 구성이었으므로 담가를 들고 오르내리는 모습이 당장 쓰러질 것처럼 보였다. 끝내 산으로 오르지 못했다. 시체들을 둔덕을 파고 묻어버렸다. 죽음이 너무 흔한 시기여서 무서움도 없이 주검을 땅에 묻는 것을 지켜보는 애들도 많았다. 나는 내 아이들이 절대 그쪽에서 어슬렁대지 못하게 했다. 이렇게 참변의 몇 년이 흘렀다.


## 쌀 빼돌리는 黨 간부들

유엔에서, 한국에서 쌀이 들어오기 시작하면서 다소 안도의 숨을 쉬기 시작했다. 그렇다고 해서 정상화된 배급은 아니고 한 달에 열흘분 정도로 주면 잘 주었다.

쌀이 사라졌다가 다시 나타나자 간부들의 활기찬 움직임이 다시 시작되었다.

그동안 굶주렸던 간부들은 욕심을 내기 시작했다. 배급소에 들어온 쌀을 자기 집으로 끌어들이기 위한 뒷공작이 미친 듯이 벌어졌다. 그들은 양정부(糧政部)와 짜고서 배급카트를 이용하는 방법으로 역대에 없었던 사기극을 벌이기 시작했다. 원래 세대에 따라 한 개밖에 나오지 않는 배급카트를 서너 개씩 만들어 여러 개의 배급소에 넣고 배급을 3~4중으로 타먹었다. 한 간부는 다섯 곳의 배급소에서 달마다 쌀을 실어들이다가 인민들의 눈에 의하여 적발되었다. 그런데 그것을 들추기 시작하니 모두 간부들과 그들의 가족들이어서 종당(終當)에는 조용히 무마시켰다.

배급을 줄 때 일반 인민들은 처음에는 열흘분, 그 다음에는 일주일분, 그 다음에는 삼일분씩 닭 모이주듯이 했다. 오죽하면 인민들이 배급소에 "닭모이 타러 간다"고 했겠는가. 인민들은 한 가족이 네 식구의 식량으로 열흘 정도밖에 못탄다. 그러니 간부 한 사람이 열 사람의 목숨을 빼앗아 간다고 해도 과언이 아니다.

때려죽여야만 죽이는 것인가. 그래서 북한이 간부들만의 나라인 것이다. 당시 유엔과 한국에서 들어온 쌀은 인민들은 목을 겨우 축이고 부역(負役)에 끌어내기에 충분했고 간부들은 사기 충천해서 불어난 배를 두드리기에 충분했다.

## 이혼

이렇게 시간들이 흐르는 가운데 떠나간 동생은 돌아올 생각을 안했다. 남편도 생각이 많았을 것이다. 그래도 내색을 하지 않았다. "돌아와야 할 텐데." 이 한 마디이다. 나에게는 그 말 한 마디가 못 오면 우리는 불가피하게 헤어져야 한다는 사형선고처럼 들렸다. 나는 이미 각오가 되어 있었다. 각오는 했지만 남편을 불시에 내놓아야 한다는 생각은 내 가슴을 충분히 뒤집어 놓고 남음이 있었다.

드디어 그 시각이 왔다. 시어머니가 내 결심을 독촉하고 있었다. 나 때문에 아들을 망칠 수 없다는 것이었다. 이해한다. 철저히 이해한다. 솔직히 내주기 싫지만 내놓지 않고 내 욕심을 챙기려 했던 생각은 나 역시 철저히 없었다. 우선 내 자존심이 그걸 허용 안한다.

당장 어떻게 해야 할지 갈팡질팡하는 날이기도 했고 기필코 보내야 한다고 결심을 굳히는 날이기도 했다. 남편의 결심도 이미 굳혀져가고 있을 것이라고 생각했다. 남편은 나보다 마음이 약하다. 우리는 살면서 타격태격한 적이 없다. 항상 마음이 잘 맞았고 놀기 좋아하는 남편과 아이들과 나는 부부라기보다 같은 동기(同期)나 친구처럼 웃고 떠들며 즐기는 편이었다.

2002년도에 끝내 이혼이 되었다. 이렇게 내 인생의 첫 번째 추락사가 시작되었다. 아니 추락사가 아니었다. 엄격한 의미에서 더 잘된 일이었음을 지금 자부한다. 훗날 어떤 기회를 타고 시어머니가 찾아왔다. 후회? 후회는 늦은 것이다. 거기에 대한 보상은 없다. 인간이 아름다움을 버리면 종당에는 망하기 쉽다. 악(惡)한 뒤끝에 남는 것이 아무것도 없다는 것이 어릴 때부터 심어준 우리 아버지의 인생철학이다.


## 군당(郡黨)부장집도 옥수수죽으로 끼니 때워

북한의 김정은 역시 마찬가지다. 삼백만을 죽이고 무덤 우에 선 왕국(王國)이 무사할 리 없다. 거기에는 기필코 함정이 뒤따른다. 그 함정이 지금 발뺌 발뺌 다가오고 있다. 지금 북한은 중앙당급 간부들을 내놓고는 도당급 간부들도 살아가기에 숨이 차서 어쩔 줄 모른다. 군급(郡級) 간부들은 평백성의 장사하는 사람들의 생활보다 더 어려우면 어렵지 낫지 못하다.

국고(國庫)가 거덜이 났으니 쥐어 짤 데가 없다. 나와 26년 지기 친구의 남편이 군당(郡黨)부장인데 그 집을 가봤을 때 나는 무척 놀랐다. 옥수수 쌀밥도 하루 세 끼 잇기 힘들어 친구의 얼굴은 시름에 쌓여 있었다. 옥수수 가루죽으로 끼니를 때우는 날도 많다고 했다.

보안서 보위부 역시 배급을 준다고 하지만 악마구리 끓듯이 생활고에 시달리고 있다. 배급 1년분이라고 하지만 정확히 계산하면 6개월분이다. 그렇기 때문에 그들도 살기 위해 끊임 없이 인민들의 목을 조인다. 좀 괜찮게 산다고 보아지는 집은 그들의 목표물이다. 끊임없이 코걸이질하고 늘어진다. 나도 끊임없이 그들에게 코걸이질 당한 사람이다.

북한에서 비(非)사회주의를 하지 않는 사람이 어디 있는가. 그걸 하지 않으면 굶어죽을 판인데. 조금만 판을 늘이는 것 같아 보이면 어김없이 목조르기 당하고 그들의 요구대로 토해내야만 된다. 더 큰 손해를 볼까봐 부들부들 떨면서 그들에게 털어바칠 수밖에 없다. 이렇게 산다.


## 北에서는 구하기 힘든 쇠고기, 남한에서는…

이천삼백만 인민들이 18년 전이나 18년 후나 달라진 것이 없다. 달라진 것이 있다면 어떻게든 살아보려고 악(惡)을 쓰는 인민들의 모습과 보이지 않는 반항심뿐이다.

내가 대한민국을 천국(天國)이라고 하는 것은 대한민국의 서민들이 북한의 중앙당 일반급 간부들의 생활을 하고 있기 때문이다. 언제인가 김일성, 김정일의 연설문을 쓰는 중앙당 101호실의 한 사람을 우연한 기회에 만난 적이 있다.

그가 하는 말을 들어보면 연설문 한 개에 고작 선물시계 한 개씩 준다는 것이다. 몇 년 어간에 선물시계 세 개를 받은 것을 무한한 행복감으로 여겼다. 그리고 돼지고기, 기름 몇 병, TV 이런 것들이 전부라고 했다. 그것도 1990년대 초반 고난의 행군 전(前)의 이야기이다.

나는 한국에 오기 전에 앓는 아이를 위해 쇠고기 1kg를 사려고 온 시내의 장마당을 다 뒤진 적이 있다. 친구들한테도 부탁했고 장사꾼들한테도 부탁했는데 끝내 살 수 없었다. 어려울 것이라는 것을 알면서도 혹시나 해서였다. 대한민국에 오니 북한에서는 그토록 보기 힘든 쇠고기가 어디 가나 흔했다.

더운 물, 전기, 자가용차. 이것은 북한 고위특권층들만 누릴 수 있는 혜택이다. 하지만 대한민국에서는 서민들도 다 누리고 있는 혜택이다.

없는 먹거리가 있는가. 아마 중앙당의 일반 간부층들도 외국에 못 나가 본 사람들은 못 먹어본 먹거리가 많을 것이다. 대통령이든 국회의원이든 국민이든 먹거리가 같고 전기가 같고 자가용차가 같은 대한민국, 그래서 우리의 대한민국이 천국인 것이다.

나도 천국에 살아 시간이 지나면 천국을 잊어버릴까봐 겁이 난다. 그토록 고생하며 살던 북한을 마음속에서 항상 떠올리며 우리를 받아주고 삶의 터전을 준 대한민국을 그지없이 고맙게 생각하며 열심히 살아갈 것이다

## 새벽 5시마다 어김없는 종소리

새벽 5시면 어김없는 종소리. 어느 날이든 그 종소리는 멈춤을 모른다. 미쳐버릴 것만 같다.

"땡 땡 땡."

동네 마당가에 매달린 종소리는 피난을 떠나는 동네를 거느린 듯 유난히도 쟁쟁하다. 가장 추운 대·소한(大·小寒)의 기간에만 며칠에 한 번씩 뜸해졌다가 서둘러 봄을 알리며 온 한 해 우리를 묶어놓는 종소리이다. 그 종소리를 따라 눈을 부스스 비비며 사람들이 하나 둘씩 모여선다.

매일 아침 당(黨) 정책 침투다. 그리고 부르짖고 또 부르짖는 건 거덜이 난 국고(國庫)가 개인의 돈 주머니를 훑어내는 미련한 소리뿐이다. 혹시 사건처리를 위해 보안원, 보위원들이 등장해 저들의 말을 늘어놓은 뒤에 인민반장이 黨 정책과제를 쭉 불러준다. 이제는 선전 선동도 필요없이 무자비하게 불러댄다. 반장이 장부책에 씌어진 과제들을 부르기 시작하자 술렁대기 시작한다.

"무슨 제목으로 꾸민 돈이야? 그걸 연구하느라고 어느 놈팽인지 잠을 잤겠냐?"

모두 발끈한 얼굴을 쳐들고 인민반장의 얼굴에 강한 시선을 던진다. 그러거나 말거나 반장은 이미 만성이 되어 장부책에 시선을 박은 채 건설과제들, 수집과제들을 냅다 불러댄다. 끊임없는 돈타령이다. 인민의 주머니에 돈을 맡겨 놓은 것처럼,

모두 속이 뒤집혀질 정도로 증오가 부글부글 끓지만 장군님의 방침, 당의 정책이라니 어쩔 수 없이 침통한 얼굴을 대신하고 서있다. 하루 하루가 지나가고 1년, 10년이 변함없는 그 모양으로 점점 도수를 높여 끓어내자 조금씩 돌변하기 시작한다. 몇 년 전까지만 잠을 자던 악(惡)이 두렵긴 하지만 저절로 솟구쳐 오른다.

"차라리 아무 소리 하지 말고 그냥 생돈을 내라고 해라. 거기에다 장군님이요 黨 정책이요 하고 밀어붙이지 말고. 그게 더 불만이다" 하고 소리친다.

장군님이 시끄럽고 밉다는 소리다. 이제는 노골적인 도전이다. 또다른 쪽에서는 "하루 벌어 하루 사는 신세에 낼 돈이 어디 있어? 돈을 낳는 구멍이라도 있느냐?" 동네의 입이 걸쭉하고 드센 여인 몇이 선두에서 투덜댄다. 그러자 모두 한 마디씩 던진다. 이제는 참을 만큼 다 참았다는 증거다.


## "못 내겠으면 이 마을에서 이사를 가든지 해"

반장이 연설이 길어지자 밥 가마에 불을 지피고 나온 여인들이 빨리 끝내라고 소리지른다. 출근해야 할 남편들, 학교 가야 할 아이들이 엄마를 기다린다. 속이 뒤집힐 정도로 끓는 증오를

가슴에다 마저 쏟으며 집으로 들어간다. 반장은 이미 준비를 다 해놓고 나온 듯 집에 들어가지 못한다.

손에 든 장부책을 들고 즉시 1호 집부터 문을 두드리기 시작한다. 모두 출근하기 전에 금방 포치한 정책과제 집행을 위한 돈을 받아내기에 본격적으로 뛰어다닌다. 금방 불을 땐 내내(냄새)를 걷어내느라 어느 집 할 것 없이 문이 활짝 열려져 있다. 인민반장에게 돈을 내면서도 한결같이 항거하는 목소리가 싸울 듯이 복도를 울린다. 순순히 돈을 내는 사람은 없다. 반장은 이제는 그런 것쯤에는 익숙되었다는 듯이 돈을 받아쥐고는 뒤도 돌아보지 않고 다른 집 문을 두드린다. 못낸 집들은 매일 몇차례씩 추격전이다. 못내겠다고 뻗대는 집들과는 반장이 오히려 호통질을 해낸다.

"黨 정책 관철이다. 장군님 모시는 사업이야. 밥가마에 밥은 끓고 있겠지? 살아있는 사람은 무조건 해야 되는 정책이다."

마침내 싸움이 벌어진다.

"뭘 먹고 사는지 가마 뚜껑 좀 열어봐라."

가난한 반원이 맞선다.

"뭘 먹고 살든 그건 네 사정이지 내 사정이 아니야. 사정은 다 같아. 있어서 내는 사람이 없어. 못 내겠으면 이 마을에서 이사를 가든지 해."

다음날 아침 반 모임 때 보니 50프로는 냈다. 웬간하면 문 두드리는 소리가 시끄러워 조금이라도 여유있는 집들은 내고야 만다. 끈질긴 추격전이라는 것을 알기 때문이다. 30프로 세대는 그날 벌어 그날로 살아가는 가난하기 짝이 없는 집들이다. 집만 있다 뿐이지 꽃제비 못지 않게 가난하다.

그들의 집 문을 열면 역한 시래기 냄새가 쏟아져 나온다. 집도 꾸리지 못해 돼지굴인지 사람의 집인지 분간하기 어렵다. 진짜 그들이야말로 옥수수가루 한 홉에 시래기가 끼니인 가련한 사람들이다. 돈낼 형편이 못 된다고 가슴을 두드리며 운다. 동(洞)에서 세대수에 맞추어서 내려온 과제이니 그들이 못내면 그 과제가 내는 사람들의 몫으로 덧과제가 될 수 있다. 그러면 동네가 부글부글 끓는다. 내 앞의 과제도 내기 힘든데 남의 과제까지 낸다는 게 말이 되냐구?


## "이런 머저리같은 년들"

언제인가 동네의 가난한 집과 반장이 너무 싸우길래 당원 노인네가 한 마디 했다.

"반장, 골고루 다 받아내야 된다는 법이 있나? 없는 사람 기름 짜겠나. 못낸다구 해서 洞에서 아무렴 반장을 죽이기까지 하겠나. 좀 작작 하라구."

그 말을 듣는 반장이 펄쩍 뛰었다.

"그건 몰라서 하는 소리에요. 한 세대라도 미진되면 반장이 동위원회 비판무대에 서야 된다구요. 모르면 삐치지 마세요."

나는 그 소리를 들으며 너네들 충성경쟁 하느라구 그러겠지 하고 쓴웃음을 지었다. 그러던 어느 날 우연히 동위원회에 볼 일이 있었다. 주지 않는 배급이지만 혹시 일년에 한두 번이라도 배급주는 기회가 생기지 않을까 하는 기대감으로 식량신청서에

도장을 찍어놔야 한다.

동 사무소의 문안에 들어서기도 전에 미친 듯이 고아대는 소리가 들려왔다.

"야. ×, ×, ×반 반장들 일어나. 야. 이게 어디서 이런 머저리 같은 년들이야? 언제 포치한 돈인데 아직도 못 걷어들이고 있어? 못내겠다는 사람 없어. 인민들은 다 좋은 사람들이야. 네들 능력부족이야. 반장 권한 가지고 뭘해? 머저리 같은 것들!"

모진 상말까지 섞어가며 악에 받쳐 고아대는 것은 다름아닌 동사무장이었다.

엿듣는 것 같아서 흠칫하고 서서 들어갈 수도 없고 돌아갈 수도 없는 난처한 처지에서 서성거리는데 저쪽에서 경비원이 눈치채고 다가왔다.

## "이제 알겠죠? 내가 얼마나 양쪽 수모 다 받는지"

"반장들 모임이요. 어디서 왔소?"

"아 네. 식량 신청서 확인 도장 받으려구요."

"조금 기다리면 끝날 거요. 한참 됐으니."

우리 조직 책임자도 더러 악을 쓰지만 지성적인 욕설이지 이런 상말로 악을 쓰는 일은 없다. 충격이 너무 커서 어안이 벙벙해졌다. 다음날 반장이 또 집집마다 문을 두드리며 정책과제 수행을 위해 뛰어다니다 우리집 문턱까지 다달았다. 내가 먼저 물었다.

"반장, 나 어제 동사무소에 나갔다가 놀랐어. 동 사무장 그 여자 원래 그렇게 드세니? 너희 항상 그런 분위기야? 어쩐지 그렇게 보인다."

내 말을 기다렸다는 듯이 반장이 한숨을 그으며 대꾸했다.

"이제 알겠죠? 내가 얼마나 양쪽 수모 다 받는지. 반원들이 돈을 안내겠다구 앙탈. 돈을 못 걷어들였다구 해서 사무장한테 천대. 말 다 못해요. 그날은 아무 것도 아니에요. 쩍 하면 개xx라고 하는 게 입에 붙은 말이에요."

동네 여인들이 '여자 치안대' '치마두른 악마'라고 뒷욕질을 할 때 그게 무슨 소린지를 다는 몰랐다. 매일이다시피 뜯기는 것만도 분한데 저런 악설(惡舌)까지 듣고 살다니. 여맹원들이 정말 용쿠나 하는 생각이 들었다.


## 부역(負役) 못 나가면 대신 돈 내야

그뿐이 아니다. 부역(負役)에 몰려 죽을 지경이다. 봄부터 겨울까지 새벽부역 때문에 나는 공장 출근시간이 늦어지는 일이 한두 번이 아니다. 못 나가면 대신 돈이다. 오죽 했으면 돈 있는 사람들은 새벽동원을 피하기 위해 일년 분으로 대신 돈을 지불해 물리치기도 한다. 그래도 물리칠 수 없는 건 한 밤중에 일어나는 일들이다. 그런 날들은 밤중에 전쟁이라도 일어난 것처럼 요란하게 종소리를 때리며 한바탕 난리를 피운다. 그런 날들에는 반장이 직장세대인 우리집 문을 제일 마지막에 두드린다. 나는 투덜대며 문을 연다.

"밤중에 왜 이리 소란스러워?"

"다른 게 아니구요. 불원간 야간전투가 있어요. 밤에 급시에 黨에서 과제가 떨어져서요. 저쪽에 본래 있는 작은 공장건물을 허물고 그 옆에다 새로 공장을 크게 다시 짓는데 그 기초 파기가 무척 바쁜가 봐요. 일이 끝나서 들어오면 밥이라두 한 끼 지어먹으려구 그래요."

또 돈이다. 그 놈의 돈, 질기기도 질긴 놈의 돈. 또다시 신경이 곤두박질친다. 안 나가는 사람이 나가는 사람을 생각해서 돈 못내겠다는 말은 차마 못한다. 아침에 출근하려고 자전거를 끌어내는데 옆집 여인이 온 몸에 진탕이 게발린 채 끔찍한 차림으로 우들우들 떨면서 들어선다. 밤 12시에 불려 나간 사람들이 7시가 되어서 들어오는 그 난감한 모습이 내 머리를 때린다. 당장 주머니를 열어 반장에게 돈을 내민다. 옆집 여인이 설명하기를 기초 파낸 땅에서 물이 나와 물 속에 들어가서 퍼올려 손수레로 밤새껏 날랐는데 언제 끝날지 모르겠다면서 투덜대었다. 그 긴장한 기초 파기는 며칠간 계속되었으며 그 건설이 끝날 때까지 나의 주머니돈 역시 함께 동참했다.

## 공부하러 가니? 돈 바치러 가니?

돈이란 동사무소에서만 걷어가는 게 아니다. 직장은 동보다 규모가 더 크다. 아침에 출근하기 바쁘게 비서와 단위책임자의 연설은 온통 黨의 방침, 장군님 말씀 등으로 일감보다 우리의 신경을 더 팽팽히 조인다. 다음은 정책과제, 수집과제 등 돈을 요구하는 분배된 몫을 책임자가 장부책에 이미 계산된 것을 줄 줄 내려 읽는다.

우리의 얼굴은 흙빛이 되어있고 단위책임자의 얼굴은 태연하고 의연하다. 전달보다 한 계단 더 높아진 과제를 놓고 내 옆의 직원이 속달댄다.

"세상이 도대체 어떻게 된 판이냐? 살라는 거냐 아니면 죽으라는 거냐? 개인 주머니 터는 데 통두 크다. 이 꼴 보지 말고 어느 산 속에 들어가서 숨어 살 수만 있다면" 하고 몰래 한숨 쉰다.

저녁에 퇴근해 들어오니 아이가 또 돈 타령이다.

"엄마. 내일 돈 가져가야 돼. 파동, 파고철이 없으니 돈을 내야 돼요."

"엊그제 낸 돈은 뭐구. 또 돈이야? 공부하러 가니? 돈 바치러 가니? 엄마 미쳐버리겠다. 인민반, 공장, 학교, 몽땅 바치고 굶어라."

시무룩해서 아무 말도 못하고 있다가 아침에 학교갈 시간이 돼 오자 아이는 그 돈 때문에 떠나지 못하고 주춤거린다. 알고 있다. 애가 왜 주춤거리는지. 돈을 제때에 내지 못하면 숙제해야 할 책가방이 선생님에게 묶이어 버린다. 몸만 집으로 돌아와 직장에서 돌아올 엄마를 목빠지게 기다린다. 아니 돈을 기다린다. 애가 가엾어서 당장 돈지갑을 뒤져 돈을 챙겨보낸다.

우리집 뿐만 아니라 모든 가정집들의 분위기는 꼭같다. 출근하려고 복도를 나서는데 옆집 애가 가방을 메고서 훌쩍거리며 울고 있다. 과반수의 아이들이 똑같다.

"철옥아 울지 말고 빨리 학교에 가거라. 엄마 속상하게 만들지 말고…”

애가 우는 건 분명 돈 때문이다. 식구가 많은 옆집, 부부가 재혼해 애가 셋씩이나 되는 옆집은 시부모님까지 모시고 근근히 살아간다. '시든 꽃 같은 아이들아'가 이것을 대변해서 쓴 시(詩)이다.

고난의 행군 20여 년 동안, 300만이 쓰러져 갈 때는 묵묵히 지켜보기만 하더니 백성이 악착스레 살아가기 시작하니 그것이 가시가 되어 처음에는 조금씩 뜯어내더니 이제는 소도적이 되었다. 항의할 수도 없다. 총대 정치가 남조선만 잠재우는 게 아니라 인민을 잠재우는 데 더할나위 없는 무기이다.

국가의 밑천은 인민에게 있다. 호령질 한 마디면 산도 허물자면 허문다. 지겹다. 떠나고 싶다는 생각이 하루에 열 번도 더 들먹인다. 해마다 작년보다 올해는 좀 어떨까 나아지지 않을까 하는 희망으로 꾹 참고 한 해 한 해 지겹게 보내고 있다. 참을 인(仁)자를 마음의 곳곳에 부착시켜 놓고 기를 쓰고 다잡으며 산다는 게 고역같다. 동생이 탈북한 지 10여 년 만에 참고 참던 내 마음도 펑 뚫리고 있다. 참고 또 참던 것이 곪아터지려고 하고 있다.

어떻게 하나 산천이 있는 땅을 뜨지 말자고 사려물었던 이빨이 흔들리고 있다. 내 마음이 폴싹 무너지려 하고 있다. 입버릇처럼 떠나고 싶다고 외우고 있다. 하지만 떠나고 싶을 뿐이지 당장 어쩔 수는 없다. 그냥 그렇게 시간이 흘러간다.

## "언니, 나도 떠나갈래"

어렵고 힘들지만 그럭저럭 흘러간다. 다 같은 고달픔 속에서 그래도 신사적으로 돈을 버는 직업인지라 다른 사람들보다는 죽을 만큼 힘들지는 않다. 생활이 평평하게 균형을 맞추며 흘러간다. 남들은 고작 그것조차도 부러워한다. 동네의 유일한 직장 일꾼인 내가 그들보다는 육체적, 경제적 고통은 덜하다는 의미에서이다.

내 집 가까이에서 삼촌의 딸인 사촌동생이 살고 있다. 그 애는 죽을 만큼 힘든 생활고를 겪고 있다. 사촌언니인 나한테 의지한다는 것이 미안한 일이지만 그래도 할 수 없이 체면을 무릅쓰고 온다. 삼촌의 딸이기에 미워할 수도 없다. 왜 그렇게밖에 못 사느냐고 싫은 소리 퍼붓고는 밥을 먹이고 여유있는 것을 조금씩 싸서 보낸다. 언니 집에 올 때마다 그 애의 심경이 얼마나 복잡했으랴. 눈물을 머금고 들어온 애의 눈물을 기어코 터뜨려 놓고야 만다.

그러던 어느날 "언니, 나도 떠나갈래" 하고 이상한 말을 한다.

"어디루 떠나겠다는 거니?"

별 생각없이 물었다.

"언니. 저 큰오빠와 언니한테 이미 연락했어요. 강을 건네달 라고."

"그게 무슨 소리니? 너 중국으로 가겠다는 거야?"

내 눈이 커졌다.

"네, 더는 못살겠어요. 언제 굶어죽을지 몰라요."

"그럼. 네 남편은 알고 있니?"

"몰라요."

"그럼. 네 딸 연지는 어쩌구?"

"연지와 함께 가기루 했어요."

가슴이 덜컥거린다. 심장이 쿵쿵 궁둥방아를 찧을 듯이 두근 거린다. 얘들이 떠나면 그 불똥이 내 쪽으로 또 튈 것을 생각하 니 눈앞이 노래진다. 내 동생이 떠난 지 10년이 돼오는데 그동 안 그것 때문에 얼마나 많은 사람들의 질타 속에서 견디어냈는 데. 동생 때문에 남편과 이혼하고 보위부·보안원의 질타, 내가 속한 직장의 질타, 여러 곳의 뾰족한 시선들. 이제 겨우 잠들락 말락 하고 있는데, 내 심장이 이제 더 받아들일 만큼 든든하지 못한다.


## 집에 들이닥친 보위부 요원

10년 동안 받은 스트레스만 해도 나를 삼킬 만큼 쌓였다. 또 이 무슨 청천벽력 같은 소리냐? 심장이 비틀어댄다. 마음이 무 너져 내린다. 그렇다고 해서 굶어 죽어가는 사촌을 내가 책임도 못져주면서 떠나지 말라고 할 그 어떤 면목도 없다.

그 애의 사정은 누가 말릴 만큼의 사정도 못된다. 어느 순간에 굶어죽을지도 모른다. 할 말을 잃어버렸다. 운명에 맡기는 수밖에. 떠나기 전 사촌이 다시 찾아왔다.

"언니 떠나갈래. 연지와 함께."

애를 낳고 먹을 것이 없어서 부뚜막에 앉아 눈물을 쉼없이 흘리던 애다. 미우나 고우나 내가 옆에서 잘은 못 지켜줘도 지켜주었다. 그 애는 울고 있다. 이미 굶주림 속에서 제 명(命)을 못 살고 돌아간 부모님들을 생각하며 울고 있는 것이다.

"언니. 오늘 아침 일찍이 아빠·엄마 산소에 다녀왔어. 떠난다고 말씀드렸어. 무사히 나를 건네달라고 빌었어요. 흑흑. 왜 이렇게 눈물이 나오고 울고싶어지는지 모르겠어요."

가엾어서 그 애를 꼭 그러안아 주었다. 함께 있을 때 좀더 잘 돌봐주지 못한 후회를 내 가슴에 쏟으며. 그래 도망가. 어디 가서든지 먹고 살 수 있는 곳이라면 떠나가. 이 세상보다 더한 세상이야 하늘 아래 있을라구. 그렇게 사촌동생이 연지를 업고 떠나갔다.

다행히도 그때는 겨울이었다. 누구든 밖에 잘 나오지 않는 때여서 눈치채기가 힘들 거라고 생각하며 언제든지 다가올 장래를 기다리고 있었다.

드디어 그때가 왔다. 한 달이 지나자 사촌동생의 동네에서 인민반장이 사람이 보이지 않는다고 먼저 보위부에 신고했다. 그 애는 인민반장에게 먹거리 구하러 가까운 농촌에 갔다오겠다고 하고 떠난다고 이미 나하고 약속이 되어있었다. 그런데 가까운 농촌에 나간 사람이 오지 않자 동네가 먼저 끓기 시작했고, 이미 탈북(脫北)한 내 친동생이 있고 우리가 사촌끼리인 것을 알고 있는 보위부가 즉각 내 집으로 쳐들어왔다.

## 그들도 이 나라의 가련한 심부름꾼

나는 모른다고 딱 잡아뗐다. 사촌이긴 하지만 집이 서로 다른데 그 애의 행처야 남편에게 물어야지 왜 나한테 묻느냐고 좋은 말로 위로했다. 담당 보위부원도 탈북자가 생기면 대신 그 벌을 받기 때문에 그 사람의 마음이 충분히 이해되었고 그도 역시이 사회에서 살아가느라 그리 편한 마음으로 사는 사람은 아니었다. 직업이 남다르고 간판이 요란할 뿐이지 그들도 이 나라의 가련한 심부름꾼이었다.

담당관할하에서 탈북자가 생기면 그들은 자리를 내놔야 한다. 보위부는 단순히 배급을 준다는 의미에서 밥줄을 쥐고 있는 그들이 그 직업에서 밀리면 가련한 백성의 신세와 다를 바 없다. 그걸 생각하니 한편 가엾기도 하다. 보위원의 얼굴은 사색(死色)이 되어있었다.

미안하다. 고급담배 한 갑을 사서 피우라고 손에 쥐어주었다. 위로해줄 수 있는 건 그것밖에 없다. 우리 동네도 보위원과 같이 들끓는 것 같았다. 동네의 가까운 늙은이가 몰래 나한테 전해왔다.

"알고 있니? 네 사촌동생 연지 애미가 중국으로 뛰었다구 난리도 아니다. 요즘 힘들겠다."

위로하는 말이지만 그것을 통해 모든 시선이 내 집으로 쏠렸다는 것을 이미 짐작하고 있지만 그것으로 증명이 되었다. 소문이 나기 시작해서 한 달 후 직장의 책임자와 비서가 날 좀 보자고 했다. 사촌동생 때문인 것이라는 것을 이미 각오하고 만났다. 책임자가 먼저 말했다.

"수진 동무, 사촌동생이 없어졌다는 게 사실이요? 들리는 말에 의하면 탈북했다고 추측하고 있던데. 사실이 맞아요?"

"아, 글쎄요. 사실 그건 제 몫이 아니어서 잘 모르겠습니다. 그런 말이 떠돌고 있긴 한데 장사 간 사람이 요즘 세월에 몇 달씩 떠도는 건 예상사가 아닙니까?" 하고 철면피하게 딱 잡아뗐다.

"그래두 몇 달이 지나서도 안들어선다면 그건 딱한 일일 것 같은데?"

그들의 말의 의미는 해석하기 간단했다. 만약 그런 경우 너도 배제할 순 없다. 너 역시 그 길을 가지 않는다고 누가 장담하느냐 하는 말이 곁들여 있었다. 그래서 내가 먼저 정곡을 찔러 말했다.

"사촌은 사촌이고 나는 납니다. 그런 걸로 날 제발 흔들지 마십시오."

### "갈 곳이 있어서 좋겠다"며 부러워하기도

저녁에 집에 들어가면 반장이 보기 바쁘게 달려온다. 오늘 보위부 보안서에서 사람들이 나왔다가 가버렸다고 한다. 그러지 않아도 직장의 담당보안원도 만나자고 여러 번 독촉해 왔다. 그러거나 말거나 가지 않았다. 이미 엎질러질 물을 주워담을 수도 없는데 나더러 어쩌라구. 담당보위원은 매일이다시피 집에 찾아왔었다. 나까지 떠날까봐 초조해 하는 눈치였다. 보안서 역시 미해명(未解明) 처리 때문에 계속 들락날락거렸다.

동네 여기저기서 쑥덕거리는 것이 보인다. 그러겠으면 그러든지 하고 양철판을 뒤집어 쓴 듯이 행동한다. 국경과 떨어진 곳이라 한두 사람이 뛴 것이 마치도 끔찍한 파문이 되어 시끌시끌 끓는다. 고요한 우물 안에 돌덩이를 던진 것만큼 파장이 크다. 어디를 가든 이미 노출된 인물이라 모르는 사람이 없다. 나만 지나가면 얼굴을 모르는 사람도 쑥덕거린다. 그러면서도 일부는 부러워한다. 어떤 사람들은 이 나라가 얄미워 고소해 하기도 한다. 누구는 갈 곳이 있어서 좋겠다, 떠나고 싶어도 잡아주는 손길이 없어서 못 떠난다, 하고 노골적으로 이야기를 붙여오는 사람도 있다. 피식 웃어버리고 지나간다. 소문이 날 대로 다 났다.

시내 안의 간부들도 아는 사람들이 많은데 그들도 누구의 사촌이 또 뛰었다면 날 어떻게 보랴 하는 위구심(危懼心)도 없지 않아 있다. 그들 속에 내가 여기까지 오는 데 도와준 사람들도 많다. 그들의 외면을 받기란 참 힘들다.


## '바람 앞의 촛불' 신세

이렇게 거의 1년이 돼오자 사건처리를 하러 보안서에서 내려왔다. 다 헐어빠진 보안복을 입은 보안원은 가난 티가 물씬 풍겼다. 한겨울에 발가락이 삐죽이 나온 해진 양말에 허름한 운동화를 신은 보안원의 행색은 말이 아니었다. 배급을 타는 사람이지만 배급만으로는 살 수 없다. 방안을 덥혀야 살 수 있고, 쌀알을 끓여야 입으로 들어간다. 옷도 사시장철 갈아입어야 한다. 그리고 자식들의 학교 부담은 얼마나 크고, 그런 것들을 계산할 때 배급이란 그리 대단한 것이 아니었다. 보위원도 가난하기는 보안원과 다르지 않았다.

그들도 다 같은 인민이고 굶주림은 다를 바 없다. 그들도 나에게 자기들의 가난을 남김없이 이야기한다. 좀 도와줬으면 하는 속마음까지도 은근히 내비치기도 한다. 하지만 나는 그들에게 흔들리면 안된다. 그들에게 쌀 1kg, 돈 1원짜리 하나 건네줘서는 안된다. 왜냐하면 오히려 그것으로 그들이 내 꼬리를 흔들 수도 있다.

그러던 어느 날 내가 잘 아는 선배의 남편이 별로 대단치 않은 말 한 마디에 정치범 수용소에 묶이어 갔다. 누구나 흔히 하는 말이었는데 서로 경계심을 두고 지켜보는 보위부의 낚시에 걸린 것이다. 부부가 둘 다 간부였고 너무 좋은 선배였는데 한순간에 강제 이혼당하고 남편과 갈라졌던 것이다. 시퍼런 대낮의 강도같은 무서운 세상이다. 흔들리던 내 마음이 완전히 돌변하기 시작했다.

허수아비 같은 내 목숨도 '바람 앞의 촛불'처럼 어느 순간에 꺼질지 모르는 것이었다. 이제는 떠나는 수밖에 없다고 생각하고 마음을 굳게 먹고 탈북을 실행했다. 성공했다. 동생이 있기에 모든 것이 계획에 들어맞았고 국경에 도착하자 바래다 준 두 친구한테서 전화가 왔다. 보위부가 지금 움직이기 시작했다는 것이었다. 빨리 탈북하라는 신호였다. 지금도 그들이 고맙다. 어려운 순간에 함께 있어준 친구들. 시간이 흐르고 행복한 순간들이 나를 잊게 해도 도와준 사람들에 대한 추억, 친구들에 대한 추억은 절대 잊혀지지 않을 것이다. 이렇게 한국행(韓國行)이 시작되었다.

## '태국기'는 무엇이고 '태국'은 무엇인가.

注 : 필자는 탈북 전까지 '태극기'를 '태국기'로 생각했었다고 말한다

### 이틀 동안 산길을 걷다

이틀 동안 쉼 없이 산밭을 탔다. 끝없이 걷고 치달아 오르는데 내 나라 땅이건만 그 산의 이름조차 모른다. 물어볼 겨를도 없다. 브로커의 뒤를 따라 걷는 것도 아니고 브로커는 피하고 알려준 길을 따라 드문드문 인적(人跡)이 느껴지는 산 속을 셋이서 걷는다. 우리가 산길을 타는 건 국경 초소들을 피하기 위해서이다.

그중에 그래도 길을 아는 총각 애가 있어서 그 애의 뒤를 따라 걷는데 길을 여러 번 헛갈려 멀지 않은 길을 계속 돌아 갖은 고생을 하며 브로커와 만나기로 한 장소에 다달았다. 브로커의

뒤를 따라 또 몇 시간을 산길이 아닌 굽이진 촌길을 지나 이번에는 45도의 경사진 산을 끝없이 타고 올랐다. 내리막길이 하나도 없는 순수한 고지(高地)를 치달아 올랐다.

산밭을 타본 적이 없는 나는 얼음과 눈이 덮힌 산길에서 몇차례 굴러떨어졌는지 모른다. 한번은 얼마나 굴러떨어졌는지 브로커가 뛰어내려와 터진 머리를 감싸주고 쓰러진 나를 일으켜주며 살아있는가 하고 묻기까지 했다. 훗날 내 생각에 700미터 고지는 실히 올랐다고 생각되었다. 산 고지 위에서 다시 내려가기 시작해서 눈앞에 나타난 것은 강이었다. 바로 두만강이었다. 브로커의 지시에 따라 맞은편에 와 서있는 자동차를 목표로 해서 꽁꽁 얼어붙은 강을 미친 듯이 달려야 했다. 강폭은 길지 않았다. 한 20미터 정도 되어보였다.

## 숨막히는 탈출의 순간

그런데 지친데다 얼어든 두 다리가 움직여지지 않았다. 애가 탔다. 그래도 가야 했다. 추위와 공포에 쌓여 동태짝같이 얼어든 몸으로 정적(靜寂)의 얼어붙은 두만강가에 발을 들여놓았다. 걸음이 되지 않는다. 지금 생각해보면 얼음판의 소처럼 어정거리던 모습이 칠십 노인의 굼뜬 동작처럼 생각된다. 정적의 강가에서 어디선가 총알이 날아오는 듯한 환각까지 내 정신을 유도해간다. 어느 순간에 온몸이 얼음판 위에 자빠질 뻔했다. 심상치않은 내 걸음을 지켜보며 함께 옆에서 걷던 총각이 내 몸을 잡아주지 않았다면 필경 타박상으로 쓰러졌을지도 모른다.

강을 건너서자 중국의 맞은편 숲에서 한 사람이 마중해 나와 우리를 부축해 재빨리 차에 싣고 어디론가 향했다. 그들은 이미 전에 준비해온 따끈한 음식과 물들을 우리에게 권했다. 비록 돈을 받고 하는 일이지만 그때만큼 인심(人心)이 고맙게 느껴지기는 처음이었다. 중국말도 하고 드문드문 하는 유창한 조선말로 보아 선족인 것 같았다. 드라마 속에서만 보아오던 위기탈출의 무시무시한 숨막히는 순간들을 직접적으로 연기하는 산 인간으로 이렇게 삼일간을 지나보냈다.

지금도 그때를 기억하면 심장을 졸이는 아슬아슬한 공포의 연기가 매캐한 느낌을 불러온다. 이제부터는 중국땅이라 한숨이 나왔다. 그래도 아직은 갈 길이 멀다고 했다. 절대 방심해서는 안된다고 했다. 하지만 중국이 처음이고 북송(北送)이라는 말 자체가 낯설은 나는 이 길이 그렇게까지 위험한 길인 줄 모르고 그냥 지칠 정도로 버스에 누워 끝없이 간다.


## 동행자들

도중에서 동행자들을 만나고 나니 일행은 20명이 되었다. 나와 그들은 서로 달랐다. 나는 중국어를 전혀 모르니 그들 속에서 벙어리인 셈이었고 그들은 신비(神秘)의 인간들이었다. 그들이 중국어로 저들끼리 이야기하면 나는 그들의 몸짓 눈빛을 보며 내용을 읽으려고 애쓴다. 그들은 완전무결한 내 선배들이었다. 새로운 세상에서 광명을 맛 본 그들은 이제 스무 살이 갓 지났을 것 같은 애들로, 의연해 보이고 놀랄 만큼 교훈과 개척정신이 강했다. 나는 그들에게 의지해 간다. 아무 일이 없을 듯이 행군해가던 우리들에게 드디어 일이 터졌다.

라오스 국경을 넘어서는 순간에 앞서 달리던 몇 명이 브로커의 차에 올랐다가 뒤따라오는 경찰의 요란한 연발 총소리와 함께 끝내 잡혔다는 소식이 핸드폰에서 울려나왔다. 다행히 중국 말을 아는 탈북자들이 그 말을 엿듣고 불안에 떨며 알려주었다.

우리는 온 길을 거꾸로 다시 미친듯이 달리기 시작했다. 숲이 무성하고 곤충들이 욱실대고 폭우가 끝없이 내리는 산(山) 고지를 오르고 내리는 우리의 꼴이란 이루 말할 수 없이 처참했다. 그 속에는 한국에 있는 엄마를 찾아 떠나는 열두 살짜리 탈북소녀도 있었다. 그 애는 울며 우리와 함께 산을 오르고 내리는데 진흙탕에 미끌미끌 자빠지는 곳이라 손을 잡아줄 형편도 못된다. 그냥 불쌍한 안타까움뿐이다. 새벽이 되어서야 생소한 한 곳에 도착하니 공포와 잡힌 사람들의 걱정 때문에 잠들지 못했다.

그들을 위한 최선이란 한국에 있는 브로커들한테 빨리 연락이 닿아 구원하는 길이라는 것을 중국에서 살아온 탈북자들이 뭐든 잘 알아 빨리 연락이 닿았고 훗날 그들이 무사히 우리와 함께 한국에 도착했다.


## '태국'이 도대체 뭘까?

그때 나는 일행들이 라오스 국경을 넘어 태국에 도착하면 위험한 행로가 끝이라고 했지만, 도무지 그 말의 까닭을 알 수 없었다. '태국'이 도대체 뭘까. '태국기'란 말은 어디서 들은 것 같은데 그 의미가 떠오르지 않아 도무지 갈피를 잡을 수 없었다. 배우는 데는 세 살 먹은 애한테도 머리 숙이는 나이지만 온통 중국말로 떠드는 그들에게 감히 말을 붙일 용기가 나지 않았다.

겨우 태국이 뭐냐고 물었다가 "태국이 태국이지 뭐겠느냐" 하는 바람에 곤혹스러워 더 말을 붙여보지 못했다. 그때 내 머릿속에서 겨우 끄집어 낸 것이 '태국기'가 한국 깃발이라는 것을 기억해냈다. '태국기'가 남조선 깃발이라는 것을 아는 것은 전쟁세대뿐일 것이다. 본 적이 없는 북한 사람들은 태국기가 무엇인지 모른다. 그러면 태국은 무엇인가. 태국이란 한국의 한 부분인가 보다 하고 생각했다. 다시 3일 후에 라오스를 넘기 위한 도전에 나서 끝내 성공했다.

그렇게 태국에 도착했다. 도착해보니 한국이 아닌 남의 땅이었다. 그때 누군가 메콩강을 건너 태국에 도착하자 방콕에 가야 한다고 했다. 방콕이란 말이 낯익어 기억을 더듬어 중학교 세계지리 교과서에서 배운 타이의 수도 '방코크'를 기억해냈다. 태국이 북한말로 '타이'라는 나라였던 것이다. 방콕의 수용소에 도착해서야 모두 안도의 숨을 내쉬고 이제는 순수한 우리말로 바뀌었다.

## 책으로 만난 반기문과 김연아

서먹서먹하던 기운도 이제는 뒤바뀌어 친근감이 서로 오고갔다. 평화가 시작되었다. 서로 자기들이 살아온 지난 시간들을 꾸러미 헤치듯 풀어내기 시작했다. 그들의 인생수업에 비하면 나는 갓난아기 같았다. 그때 내가 가장 놀랐던 것은 열여덟 살, 열 아홉 살 아이들이 어린나이에 애기엄마가 되어 중국인 남편들 에게 맡기고 온 아기들 생각이 나서 눈물을 흘렸다. 나도 그들 과 함께 울었다. 그들 속에는 아기를 업고 방콕에 도착한 애들 도 있었다.

처녀시절이라는 가장 소중한 시절들을 빼앗긴 그들의 모습 은 눈물이 날 정도로 내 마음을 아프게 했다. 그들 중에는 세 번, 네 번 북송(北送)되어 보위부의 감방에 갇혀 척추, 머리, 갈비뼈, 팔, 다리, 성한 데 없이 두들겨 맞아 부러진 뼈가 어긋나 육신(肉 身)을 제대로 못 쓰는 사람들도 흔했다. 탈북영웅들이었다.

태국의 수용소에서 이제는 평온을 찾았으므로 대한민국이 어 떻게 생겼는지를 그려보기 시작했다. 이런저런한 말을 흘려듣 기는 하지만 다같이 처음 가는 길이라 믿을 수가 없다. 이제 나 의 조국이기도 하고 보금자리이기도 한 대한민국이 어떻게 생 겼는지를 본격적으로 알고 싶었다.

태국의 수용소 안에 많지는 않았지만 두어 삼태기 될 만큼의 책이 있었다. 잡지들을 미친 것처럼 읽기 시작했다. 그 때 본 책 들은 현실을 알 수 있는 신문들은 한 장도 없고 문예잡지들, 상 품광고에 등장한 연예인들, 그리고 성공한 한국인에 대한 인물 소개가 전부였다.

내가 가장 처음에 손에 집어든 책이 반기문 유엔 사무총장에 대한 책과 피겨여왕 김연아 선수의 성공이 담긴 책이었다. 반기 문 사무총장에 대한 책은 두 번 거푸 읽어 보았다. 이것이 내 머 릿속에 처음으로 읽힌 대한민국이었다. 이렇게 방콕에서 3주간 있다가 대한민국으로 가는 길이 열리게 되었다. 나는 북한의 국경과 떨어진 곳에서 살다 보니 대한민국에 대하여 전혀 무(無)상식 상태에서 한국에 왔다. 비행기에서 내려 처음으로 대한민국의 국기인 '태극기'를 알았고 아직은 그 깊이를 다 알 수 없는 대한민국을 밟게 되었다.

## 대한민국은 천국(天國)이다

### 대한민국의 황홀한 광경에 "아, 아" 하는 감탄사

진실이 하나도 없는 곳에서 거짓을 읽으며 살아온 것으로 해서 세상을 내 눈으로 직접 느껴보기 전에는 절대 감정표시를 잘하지 않는 나는 그 때 이곳이 우리를 받아주는 조국이라는 감동 속에서만 가슴이 울렁거렸다. 비행기에서 내려 버스를 타고 당분간 우리들의 집인 국정원으로 가는 길에서 저절로 탄성이 흘러나왔다.

북한에 대비한 중국의 거리들을 보고 감동에 젖었던 그것은 봄눈같이 사그러져들고 중국을 대비할 수 없는 대한민국의 황홀한 광경에 내 입에서는 "아, 아" 하는 신음 같은 작은 소음이 새어나왔다. 말문이 터져지지 않았다. 시(詩)에서 내가 노래했듯이 백년을 떨어진 곳에서 백년을 앞선 곳으로 단숨에 다달았으니 내 외침이 막힐 수밖에 없었다.

국정원으로 들어가기 전 우리들을 실은 버스가 곧장 병원으로 향해지더니 우리들의 건강상 상처를 치유하기 위한 검진을 시작했다. 세심한 검진이 시작되었고 이때까지 한 번도 본 적이 없는 어마어마한 설비들 앞에서 눈물이 왈칵 쏟아져 내렸다. 약이 없는 병원, 설비 없는 병원에서 치료는 생각도 못하고 중국에서 밀수해 들어오는 흔한 정통편(正痛片: 중국산 두통약)으로 아픔을 달래시다 돌아가신 아버지가 생각나서 눈물이 폭포치듯 흘러내렸다.

국정원은 엄숙한 곳이기도 했지만 우리들을 태국에서부터 보듬어주고 품어준 곳이기도 했다. 수천 리 길을 헤쳐온 우리들의 수난의 옷들은 속옷부터 시작해서 겉옷, 신발, 머리띠까지도 세세낱낱이 바뀌어졌다.

나는 그때 내가 입은 모든 옷들을 속옷부터 겉옷, 신발, 생활필수품 모두 개수를 세어보았다. 모두 세어보니 40여 가지가 되는 것 같았다. 그 모든 것들을 국민의 부담으로 매 한 사람 한 사람에게 배려해주었다. 그래도 그 물품들을 들고 북한처럼 어디에 서서 "고맙습니다" 하는 인사 같은 것은 시키지 않았다.

500g 간식 한 봉지를 주고도 김일성, 김정일의 초상화 앞에서 군침을 삼키며 먼저 인사를 해야 했던 우리들. 빼앗긴 것이 더 많건만 적게 차려지는 그것조차도 선물이 되어 90도로 허리를 굽혀 감격해해야 했던 어제날들이 허거프게 안겨왔다. 국정

원에서의 조사를 마치고 선생님들의 따뜻한 바래움 속에서 이제 우리가 살아갈 삶의 진로를 가르쳐주는 하나원으로 자리를 옮기게 되었다.

하나원의 수업들에서 내가 제일 기다리는 시간은 한국사(韓國史) 시간이었다. 나는 대한민국의 국민으로서 제일 먼저 알아야 할 것이 한국사라고 생각했으며 한국사 교과서를 꼼꼼히 체크해가면서 역사적인 연대(年代)들과 시기들을 수첩에 적어놓기도 했다. 이렇게 석 달이라는 짧고도 긴 시간을 보내고 하나원을 수료하였다.

2013년 8월 나는 꿈 속에서도 그리던 대한민국의 국민이 되었다. 국가가 우리에게 배려해준 임대아파트로 들어가기 전 주민등록증을 받았다. 거기에는 나의 이름과 주민번호, 집 주소가 적혀 있었다. 주민등록증을 품에 안았을 때 나는 대한민국 국민이라는 이루 말할 수 없는 감격 앞에서 목이 메어 눈물을 흘렸다. 이 진정한 자유민주주의 국가의 국민이 되기 위하여 탈출을 꿈꾸며 살아왔던 지난 시간들, 죽음과도 같은 탈출의 길에서 헤쳐온 가시덤불길들, 그 모든 것들이 이제는 추억으로 내 마음에 고스란히 간직되어 주민등록번호가 내 심장의 한 곳에 소중히 자리잡았다.

### "쿠쿠가 맛있는 밥을 시작합니다"

드디어 국가가 정해준 나의 집으로 들어섰다. 규모가 반듯하고 쓸모 있게 꾸려진 집, 바닥과 천정, 기술적으로 잘 계산되어

있는 집은 종합적으로 인간의 심리를 그대로 옮겨놓은 듯 내 마음에 꼭 들었다. 꾸릴 수 없어 꾸리지 못했던 북한의 창고 같은 집들이 떠올랐다. 대충 꾸리고 살았다는 나의 집도 이 집에 비하면 쓸모없는 헛간 같아 보인다. 이제 그 집을 머릿속에 떠올리기도 싫다. 아무것도 없는 집이지만 푸근함이 확 밀려왔다. 황홀한 나의 삶의 거처지, 나의 집 만세를 부르고 싶다.

방안에 앉아도 보고 누워도 보았다. 전기밥가마에 쌀을 앉히고 살짝 스위치를 누르니 "쿠쿠가 맛있는 밥을 시작합니다" 하는 소리가 노래처럼 내 귀를 간지럽힌다. 아- 나는 행복하다. 가스레인지를 켜고 국도 끓이고 반찬도 하며 일부러 전자레인지를 켜본다. 신비해서, 어쩔 줄 모른다. 샤워수(水)에 실컷 몸을 잠그고 나와 드라이어로 머리를 날리며 상쾌함을 만끽한다. 설거지대의 온수에 손을 잠그고 이윽토록 말없이 생각에 잠기기도 한다. 전기가 없고 수도가 막혀 찬물도 없어 물바케츠를 들고 우물가에 길게 늘어선 줄을 따라 물이 고이기 힘든 우물바닥을 모래와 함께 퍼내던 일, 물 한 바케츠를 위해 밤잠을 자지 못하고 달과 함께 우물가를 지켜서던 밤들, 어쩌다 나오는 수돗물에서 지렁이와 거머리를 건져내며 그 물을 그대로 마시면서도 다행으로 여겼다.

## 지옥에서 천국으로 들어서다

일터에서 돌아와 전기가 없는 저녁 어둠 속에서 더듬어 키를 열고 기름등잔 아래서 내내 자욱한 방 안에서 추위에 떨며 찬물에 손 담그던 일, 그 모든 악몽(惡夢)과도 같은 것을 말끔히 쓸어버린 대한민국의 나의 집.

1970년대 김일성은, 여성들을 부엌일의 무거운 부담에서 해방시키겠다고 열렬히 선전했으면서 전기밥 가마 한 개도 해결하지 못했다. 대한민국에서는 이미 오래 전에 완벽하게 이루어지고 있는 셈이었다.

전기를 명절선물로 받으며 '배려 전기'라는 세계 어느 나라 사전에도 없는 이상한 부름말로 전기를 보는 것이 소원이어서 명절이 오기를 애타게 기다리던 북한 인민들의 모습이 하루 종일 켜도 깜박하지 않는 TV 앞에서 설움을 불러내고 있다.

실컷 집을 만끽하고 밖으로 나왔다. 확 트인 대통로를 따라 끝이 없이 걷고 싶다. 도로는 나라의 얼굴이라고 일컫는다. 대한민국의 도로들은 신화적인 도로였다. 공중에 선 도로들, 그 위로 달리고 있는 물매미같이 반들거리는 자동차들. 이것이 내가 지금 살고 있는 대한민국이었다.

시간이 흐를수록 대한민국의 진면목이 하나, 둘, 나를 향해 다가왔다. 먹을 것이 너무 흔해서 무엇부터 입으로 가져갈지 생각이 나지 않는 날들, 그 음식들 앞에서 대성통곡하기도 했다. 삼백만의 굶어죽음 속에 합쳐진 내 친척들, 내 고향의 어린이들과 노인네들, 쌀이 없어 갓난아기를 업고 밥가마 앞에서 눈물을 짜던 나의 사촌동생도. 그 모든 것이 내 설움을 불러와 통곡을 터뜨리게 했다.

먹을 것이 흔한 곳에서조차 노인네들, 장애인들을 위한 복지관, 그들을 위한 혜택, 아이들을 위한 놀이터가 아파트들마다에 있고 노인네들이 들러 쉼할 긴 벤치들이 거리의 곳곳, 아파트의 곳곳에 마련되어 있다.

북한에서 꿈꾸던 사회주의, 공산주의는 대한민국에 있었다. 대한민국은 천국(天國)이다. 나는 지옥에서 천국으로 들어섰다. 천국에서도 열심히 노력하지 않으면 안된다. 이제는 모든 것이 내 몫이다. 나는 아끼고 사랑하는 것으로부터 내 삶을 시작하려고 했고, 북한에서 이루지 못했던 것을 꼭 이루기 위해 각오하고 노력도 기울이고 있다. 열심히 노력해서 통일작가(統一作家)로 나의 생(生)을 빛내고 싶다.

# 天國을 찾지 마시라 국민이여
# 우리의 대한민국이 天國이다

**지은이** | 김수진
**펴낸이** | 趙甲濟
**펴낸곳** | 조갑제닷컴
**초판 1쇄 발행** | 2015년 3월 6일

**주소** | 서울 종로구 내수동 75 용비어천가 1423호
**전화** | 02-722-9411~3
**팩스** | 02-722-9414
**이메일** | webmaster@chogabje.com
**홈페이지** | chogabje.com

**등록 번호** | 2005년 12월 2일(제300-2005-202호)
ISBN 979-11-85701-09-7

값 10,000원